KB040901

왜 이렇게 살기 힘들까

NAZE KONNANI IKINIKUINOKA
by JIKISAI MINAMI
Copyright ⓒ 2008, 2011 JIKISAI MINAMI
Korean translation copyright ⓒ 2018 Samtoh Co., Ltd. All rights reserved.
Original Japanese language edition published by SHINCHOSHA Publishing Co., Ltd.
Korean translation rights arranged with SHINCHOSHA Publishing Co., Ltd.
through Danny Hong Agency.

왜 이렇게 살기 힘들까

미나미 지키사이 지음 | 김영식 옮김

샘터

승려의 신분이라 다양한 사람들의 고민과 고통을 직접 듣게 된다. 그중에는 "이젠 죽고 싶다", "세상에서 사라지고 싶다"라고 호소하는 사람도 있다. 그런 사람 앞에서는 "그래도 인생은 아름다운 것입니다"라고 말해봤자 전혀 통하지 않는다. 그들은 애초에 '삶은 좋은 것'이라는 전제 자체를 의심하고 있기 때문이다.

그럴 때 나는 '사람은 무슨 일이 있어도 계속 살아야 한다'는 전제를 치워버린다. 불교인으로서 감히 "뭐, 사람은 죽을 수도 있지요. 실제로 자살할 능력이 있으니까요"라고 말한다. 그런 말부터 꺼내면 비로소 말이 통한다.

비유하여 말하자면, 의사는 건강한 사람을 진찰하지 않는다. 예외적으로 건강검진 등이 있지만, 그것은 나름대로 의미가 있다. 검사를 받고자 하는 수요가 있다면 그것에 응해 검사만 하면 된다. 그 이상으로 약을 처방하거나 치료할 필요는 없다. 의사가 우선적으로 진찰하는 대상은 병든 사람인 것이다.

이와 마찬가지로, 삶을 아름답다고 생각하는 사람은 불교의 주요 대상이 아니다. 불교의 주요 대상은 인생이 괴롭다는 사람, 이 세상이 살기 힘들다고 느끼는 사람이다. 불교의 원조 석가모니가 그러했으며, 내가 속한 일본 조동종˙의 개조 도겐 선사가 그러했다.

병약한 탓이었는지 나는 아주 어렸을 적부터 '죽음'에 매우 민감했다. 여기에 나의 '힘든 삶'의 뿌리가 있었다. 나로서는

˙ 조동종(曹洞宗) : 중국 5대 선종의 하나. 도겐(道元, 1200~1253)이 중국 송나라에 건너가 여정(如淨)에게서 법을 배워 일본에 전했다.

'삶'보다 '죽음' 쪽이 훨씬 현실적인 문제였다. 삶은 무언가 어설프고 어딘가 약하고 위태로운 환상 같은 것. 죽음 쪽이 훨씬 실제적이고 압도적인 질량과 밀도를 가진 '물질'처럼 몸 가까이 느껴졌다.

고등학생 때 기독교를 접하였고, 그 후 철학서를 닥치는 대로 읽으며 '살기 힘들다'는 나의 감정을 설명해줄 말을 계속 찾았다. 그 결과, 석가의 말씀, 도겐 선사의 말씀에 닿게 되었다. 최종적으로는 수행의 길을 선택하여 출가하였다.

그러므로 나는 사람들에게 도움을 주려고 출가한 것이 아니다. 내 안에 감당할 수 없는 문제가 있었기에 불문에 들어섰다.

출가하여 인생의 문제가 모두 해소된 것은 아니다. 그러나 내가 그러하므로, "살기 힘들다"라고 말하는 사람을 보면 거의 본능적으로 공감한다. 고민하거나, 방에 틀어박히거나, 손목을 긋는 자해 행위를 하거나, 때로는 어쩔 수 없이 범행을 저지르게 된 사람에게 강한 친근감을 느낀다. 그리고 그들과 '물음'을 공유하는 것이 무언가 의미 있다고 생각한다.

이 책은 이렇게 살기 힘든 인생을 어떻게 살 것인가에 관해 내 나름대로 생각한 것을 쓴 책이다. 나는 종교를 '삶의 기술'이라고 생각한다. 그중에서도 불교의 가르침이 우리 일상생활에 적용되어 의미가 있다고 한다면, 그것은 사회나 인간을 상대화하는 시점을 부여해주는 점이라고 생각한다. 불교의 가르침을 통해 인간을 보면 또 다른 모습이 보인다는 말이다. 그리고 그 모습이 더욱 좋은 삶을 찾는 데 힌트가 되지 않을까 생각한다.

이 책에는 불교 용어가 거의 나오지 않는다. 그러나 말할 것도 없이 사상의 토대에는 석가와 도겐 선사의 가르침이 있다. 그 외에는 내 말의 근거가 없기 때문이다.

다만 늘 전제해두는 것인데, 나의 해석은 극단적이다. 내가 살기 위해 필요한, 내 스타일의 불교 해석이기 때문이다. 불교의 정통적인 가르침을 알고 싶거나 공부하고 싶은 분은 그쪽 관계의 기본 도서를 읽기 바란다.

그러나 내가 지금껏 품고 있는 '나는 무엇인가', '왜 사는가'

라는 근원적인 물음이 당신도 궁금해하는 공통의 문제라면,
나의 이야기가 다소나마 참고가 될 듯하다. 모쪼록 그리 되기
를 바라 마지않는다.

제1장

왜 이렇게 살기 힘들까

왜 이렇게 살기 힘든가? 왜 이렇게 '살고 싶지 않은' 사람이 많은가? 이것이 이 책의 테마이다.

실제로 살기 힘들어하는 사람이 있다는 것은 안다. 그러나 한편으로는, 살기 힘들다고 생각하지 않는 사람도 있다. 그럼 왜 그런 사람은 삶이 힘들지 않은가?

내 생각에 삶이 힘들다고 느끼지 않는 사람, 좀 더 말해 삶의 보람을 느끼는 사람은 하고 싶은 일을 하고 있다. 예를 들어 직장인이라면, 좋아하는 일에 종사하고 있고, 또한 그 일이 세상에 도움이 된다고 생각하는 사람이 아닐까. 아이의 경우에는 좋아하는 것을 하고, 또한 그것으로 칭찬을 받는 것이다.

'좋아하는 일을 한다'는 것은 어떤 것일까. 우선, 좋아하는 일에 종사하는 것이 첫 번째 조건이다. 그러나 단지 좋아하는 일을 하는 것만으로는 일로서 성립될 수 없다. 일로서 성립되려면, 그것이 사회적으로 인지되어 돈을 지급할 가치가 있다고 평가되어야 한다. 이것이 두 번째 조건이다.

간단히 말하자면, 좋아하는 일을 함과 동시에 그것이 의미 있다고 주위의 인정을 받고 칭찬을 받는 사람이 삶의 보람을 느낀다. 설령 명확하게 생각하지 않더라도, 마음 한구석 어딘가에 자신의 일은 세상에 필요하고 좋은 것이라고 느끼는 것이 가장 중요하다.

당연한 말이지만, 이 당연함을 다시 한번 잘 생각해봐야 한다. 그것은 어떤 의미인가. 단지 좋아하는 일을 한다고 해서 만족하는 게 아니다. 또, 바라던 직업에 종사하는 것도 혜택을 받거나 운 좋은 일부 사람에게만 한정된다.

나는 오히려 두 번째 조건이 중요하다고 생각한다. 좋아하는 일을 하는 것 이상으로, 지금 자신이 하는 일이 칭찬받는 것. 다시 말해, 자신이 하는 일이 이 세상에서 의미나 가치가 있어, 남들이 높게 평가해준다는 실감을 느끼는 것. 그런 것이 없다면 결코 삶은 쉽지 않을 것이다.

역으로 말하자면, 좋아하는 일을 직업으로 갖지 못해도 꼭 살기 힘든 것만은 아니다. 누군가의 인정을 받고 싶지만 현실은 그렇지 않다는 것이 가장 큰 문제이다.

'살고 싶지 않은' 사람이

품고 있는 어려움

원래 '살기 힘들다', '살기 어렵다'는 감정과 '살고 싶지 않다'는 감정은 다른 것이다. '살고 싶지 않다'는 생각이 없는 사람에게도 '살기 힘들다'는 감정은 있을 수 있다.

또한 살기 힘들다는 사람이 반드시 불행한 것도 아니다. 장래 무언가 하겠다고 생각하는 사람, 혹은 누군가를 위해 살겠다는 사람은 살기 힘들고 어려워도 '지금은 힘들겠지만……'이라고 생각하며 어떻게든 헤쳐 나간다. 예전에는 '어쨌든 이 아이를 번듯한 어른으로 키울 때까지는……'이라는 생각으로 자식들 뒷바라지에 고생하는 부모가 많았다. 이것을 단적으로 불행하다고 말할 수는 없다. 내일의 양식을 구하는 것조차 힘에 부쳐 생활이 몹시 어려운 시대에는 많은 사람이 살기 힘들다고 느꼈다. 그러나 살고 싶지 않다는 심정까지는 나아가지 않았다.

'살고 싶지 않다'는 것은, 자신의 가치나 자신이 존재하는 의미 그 자체가 확실하게 보이지 않는 상태라고 생각한다.

지금의 시대는 '살고 싶지 않다'는 것과 '살기 힘들다'는 것이 같은 의미로 쓰이는 듯하다. 즉 무언가 구체적인 어려움이 있으니 살기 힘들다는 것이 아니라, 살고 싶지 않다는 감정이 떠오른 상태에서 그럼에도 살아야 하는 어려움 같은 것에 직면하니 '살기 힘들다'로 연결된다는 느낌이다.

그 근저에 있는 것은, 남들이 인정해주고 소중하게 생각해주었으면 하는데도 실제로는 그렇지 않다고 하는 매우 괴롭고 고독한 감정이 아닐까. '생존의 위기(생활의 괴로움)'와 '존재의 불안(삶의 괴로움)'은 다른 것이지만, 그 모두가 괴롭고 어려운 상황이라는 것은 다르지 않다.

　살고 싶지 않다는 것은 존재의 불안을 품었기에 살기 힘들다, 살기 어렵다 등의 여러 감정 중에서도 가장 어렵고 괴로운 감정이 아닐까 생각한다.

사회에 만연한

'공허감'의 정체

　나는 1984년 후쿠이현의 에헤지*에서 수행에 들어가 3년 정도 지난 1987, 1988년경부터 수행승으로서 일반인의 참선 지도를 맡았다. 1980년대 후반은 마침 버블 경제의 초입에 들어선 시기였는데, 그로부터 4, 5년 사이에 참선자를 상대할 때마다 느낀 것은 '사람들은 모두 불안해하고 있다'는 것이었다.

* 에헤지(永平寺) : 일본 조동종의 중심 사찰(대본산).

어느 시대라고 할지라도 왠지 모르게 불안한 느낌이라는 것은 공통적이라고 생각하지만, 무언가 근본적인 부분에서 사람들이 불안해한다, 지쳤다는 느낌을 받았다.

이것은 내 멋대로의 추론이지만, 그 무렵부터 사회의 속도가 사람이 보통으로 살아가는 속도보다 훨씬 빨라지지 않았나 생각한다. 사람이 당연하게 살아가는 시간보다도 기계화된 혹은 컴퓨터화된 사회의 정보 유통이 몹시도 빨라져 사람들이 따라붙지 못하게 된 것은 아닐까. 그래서 매우 지친 것이 아닐까.

1990년대에 들어와 경제의 거품이 꺼지고 한동안 시간이 지나자 이번에는 불안감이라기보다는 더욱 고독한 느낌, 의지할 데 없이 자신의 안식처를 찾지 못하고 있다는 느낌이 들었다. 그래도 불안감이나 고독감에서는 그 나름의 밀도와 강도를 느낄 수 있었다.

그런데 최근 들어 남녀노소 불문하고 사람들과 말을 나누면서 막연하게 생각한 것은, 고독감 위에 무어라 말할 수 없는

'공허'한 느낌이 있다는 것이다.

　최근 계속 발생한 무차별 범죄를 보더라도, 큰 범죄를 저지른 사람이 극히 '보통 사람'인 경우가 있다. 살인의 이유로 "죽여보고 싶었다"라고 말하기도 한다. 단지 그것만으로 사람을 죽였는지 의아스럽지만, 그들 입장에서는 그렇게 말할 수밖에 없을 것이다. '이유 없는 범행'이라고 흔히 말하는데, 이유가 없는 게 아니라 이유를 말할 수 없는 것이다.

　'죽여보고 싶었다'라는 잔혹함은 경박하고 애매하고 공허하다. 그러나 '이유가 없다'는 가벼움의 안에는 실은 더 결정적인 어떤 호소가 있다고 생각한다. 그들은 자신을 가치 있는 사람으로 느끼지 않기 때문에, 주위 세계도 마찬가지로 가치 있다고 느끼지 않는다. 자신의 존재에 '가치'의 중력이 가해지지 않으므로 가벼워지는 것은 당연하다.

　1997년의 고베 연속아동살상사건　이래, 이러한 범죄에

고베 연속아동살상사건 : 1997년 효고현 고베시 스마구에서 발생한, 당시 14세의 중학생이 저지른 연속 살상 사건. 초등학생 2명이 사망, 3명이 중경상을 입었다.

항상 따라붙는 것이 위에서 말한 '이유 없는'이라는 말이며, 그리고 상투적인 '마음의 어둠'이라는 말이다. 그러나 나는 '공허감'이라는 말이 더 가깝게 다가온다. 그 공허감이 지금 사회에 널리 퍼져 있다. 결국 어떤 계기로 이러한 사건은 반복 될 것이다.

관공서나 기업에서 터진 사건을 보고 '이런 한심한 일을 저 질러 부끄럽지 않은가'라고 생각하는 경우가 있는데, 부끄럽 다고 생각하는지에 대한 판단은 본인이 자신의 직무를 어떻 게 생각하는지의 문제다. 그리고 동시에, 그 직무를 통해 타인 과 어떻게 관련되는지, 그것을 어떻게 생각하는지의 문제라고 생각한다.

여기에도 '공허함'을 느낀다. 즉, 그들은 자기 직무의 의미 나 가치를 바르게 생각하는 것에 관심을 잃었다고 말해도 좋 다. 자신의 역할이나 일의 의미, 혹은 타인에게 부끄러운 일을 하였다는 것은 그들도 알고 있을 터이다. 그러나 그것을 확실 히 의식하거나 생각하는 것은 의미 없다고 여기는 듯하다. 그것이 '공허함'의 정체가 아닐까.

버블 경제가 끝나고 '잃어버린 10년'을 지나 '구조개혁'을 외치는 시대. 사회 시스템의 치열한 변화에 지금은 고독을 느낄 여유도 없을 정도로 멍하니 있는 듯하다. 멍하니 있으면, 심정적으로 공허하게 되지 않을까.

내가 있을 곳은 어디인가

어느 절에 50대 남자가 불쑥 찾아와서 좌선을 하고 싶다고 했다. 그 절의 주지 스님은 "예, 좋습니다" 하고 기꺼이 맞아들여 한 시간 정도 좌선 지도를 하였는데, 좌선이 끝나고 차를 마시며 대화할 때, 그 남자가 갑자기 울기 시작했다. 왜 그러냐고 묻자 "저는 여기밖에 울 곳이 없으니 울게 해주세요" 하고 한동안 울었다고 한다.

이야기를 들어보니, 남자는 회사의 부장급으로 최근 구조

조정을 당했는데, 그 사실을 가족에게 말하지 못했다. 가족에게 말하지 못했으니 가족은 그가 평일에는 평소처럼 회사에 나간다고 생각했을 것이다. 따라서 그는 회사에 나가는 것처럼 아침에 집을 나서야 한다. 그러나 갈 곳이 없으니 어딘가 있을 곳을 찾아 절에 온 것이었다.

나는 이 이야기를 들었을 때, 이것은 단지 구조조정을 당했다는 이야기에 그치지 않는다고 생각했다. 이 남자의 가장 큰 문제는 무엇보다 가족과의 관계가 좋지 않은 것에 있지 않을까. 세상의 눈으로 보자면, 쓸데없는 걱정을 끼치지 않으려는, 가족에 대한 배려가 깊은 사람일 수도 있다. 그러나 가족에 대한 배려의 방법이 잘못되었다. 가족이라고 해도 진실을 서로 말할 수 있는 관계, 어려움을 함께할 수 있는 관계가 아니라면 집은 안식처가 되지 못한다.

이 이야기를 듣고 다시 한번 느낀 것은 상대와 자신을 보는 시야가 좁은, 말하자면 스테레오타입이 아닌가 하는 점이다. 예를 들어, 그 남자는 고도 경제성장기에 일했던 그 시대의 전

형적인 사람으로, 남자는 밖에서 돈을 버는 집안의 기둥, 여자
는 집에서 가정을 지키는 사람이라는 생각이 굳어진 듯하다.
그래서 가정에서는 항상 "나는 밖에서 일하니, 집안일은 당신
이 하는 것이 당연하다"라고 말했을 것이다.

휴일에는 접대 골프다 뭐다 하며 마음대로 돌아다니면서
지금까지 착착 진급했지만, 부인은 그동안 계속 불만을 참고
있었을 것이다. 그것을 전혀 깨닫지 못한 채, 가족과 부부란
원래 그렇다고 굳게 믿고 부인의 마음을 헤아려본 적이 없었
다면, 어느 날 돌연 월급을 받아오지 못하게 되니 지금까지의
위세가 허세가 되어 이젠 끝났다고 생각하게 되었을 것이다.

그러나 혹시 그 이전에, 부인이 자신에게 어떠한 사람인지,
무엇이 필요하고 지금까지 자신이 어떤 관계를 쌓아왔는지에
대해 다소라도 의식이 있었다면, 구조조정 당한 것을 말할지
말지에 대한 판단은 섰을 것이다. 그래서 말을 했는데 아내가
받아주지 않는다면 이혼하겠다는 정도의 각오는 했을 것이다.
상대의 정체를 어느 정도 알고 있다면, 어려움을 함께해줄 것

인지는 별도의 문제로, 적어도 전혀 말을 꺼내지 못하는 경우는 없을 것이다. 일할 직장도 잃고 거짓말까지 하며 집을 나와 생판 모르는 절을 찾아와 울지는 않았을 것이라 생각한다.

미래에도 영원히 확실하게 내가 있을 곳이 있다고 생각하는 것은 환상이다. 다만 살아가기 위해서는 그런 환상이 필요할 때도 있다. 그것이 모두 다 깨져버린다면, 감정적으로는 그리 간단히 처리할 수 없을 것이다.

고독이 사람을
절망으로 몰아넣는다

왕따(이지메)를 당한 괴로움으로 자살하는 아이는, 부모에게 걱정을 끼치고 싶지 않아 고민을 털어놓지도 않고 목숨을 끊는 경우가 있다. 아이의 경우 시야와 생각이 좁은 것은 당연하지만, 주위의 어른에게 말해봤자 이해해주지 않겠지, 혹은 왕따를 당하는 것 자체가 수치스럽고 왕따를 당하는 자신이 잘못이라고 혼자 생각하는 듯하다.

부모에게도 선생님에게도 상담하지 못한다. 부모에게 걱정을 끼치고 싶지 않으니 학교에 나가야 한다. 그러나 학교에 가면 아이들이 괴롭힌다. 그렇게 되면, 갈 곳이 없어져 버린다. 그렇다면 천국에서 '있을 곳'을 구할 수밖에 없는가라는 발상을 하게 된다.

앞에서 말한 남자의 경우도, 집에 자신이 있을 곳이 없다고 생각했겠지만 반드시 그렇지는 않을 것이다. 부인과 자식은 그가 돈을 벌지 못해도 남편과 아버지로 생각해줄 터인데, 머릿속에서 자신은 돈을 벌어오는 가장이라며 지금껏 위세를 부려왔으니, 이제 가정에는 자신이 있을 곳이 없다고 생각해버린다. 집에 있을 곳이 없고 회사에도 있을 자리가 없다. 결국에는 역시 죽음을 선택할 수밖에 없다는 생각이 들 수도 있다.

다양한 건을 상담한 나의 경험에서 말하자면, 분명한 것이 하나 있다. 자살하는 사람은 고독하다. 매우 고독하다. 연결되고 싶어도 연결되지 않는다. 아무도 알아주지 않는다. 그런 절망감에 목숨을 끊는다. 단순한 생활고 등으로는 자살하지 않는다. 자신이 타인에게 버림받았다는 절망이야말로 결정적인 괴로움이다.

일본에는 매년 3만 명 이상의 자살자가 있다고 한다. 그만큼 고독한 사람이 많다는 것이다. 고독이란 물리적으로 혼자 있다는 의미가 아니다. 아무도 신경 써주지 않고, 아무도 인정해주지 않고, 자신의 가슴속 괴로운 이야기를 들어주는 사람이 아무도 없다는 뜻이다.

그것은 자기 혼자의 생각인 경우가 많은데, 그 생각에는 그 사람 나름의 근거가 있다. 거기에서 벗어날 수 없으니 괴롭다.

자신에 대한 시야가 좁다는 것은, 자기 자신을 벗어나서 볼 수 없다는 것이다. 자신의 존재를 다른 시점으로 볼 수가 없다. '자신을 본다'는 것은, 자신과 타자의 관계를 본다는 말이다. 그것은 넓게 말하자면 자신과 사회의 관계를 본다는 말이기도 한데, 여기에는 '제3의 시점'이 필요하다. 그러나 이것은 실제로는 매우 어려운 일이라 그리 간단히 가질 수 없으니 사람은 괴로운 것이다.

제3의 시점을 갖는 것에 불교가 어떤 역할을 해줄 수 있지 않을까 하고 나는 생각한다. 이것에 관해서는 이 책에서 차차 말하고자 한다.

온리 원은 넘버원보다 힘들다

몇 년 전에 〈세계에 하나뿐인 꽃〉이라는 노래가 유행했다. 그 가사를 처음 듣자마자 자꾸 눈물이 났다. 그런데 눈물이 났다는 것은 여느 사람이 감동하여 눈물을 흘렸다는 것과는 성격이 다르다. 나는, 이건 참으로 비참한 노래라고 생각하며 들

세계에 하나뿐인 꽃(世界に一つだけの花): 일본 남성 아이돌 그룹 SMAP(스마프)가 2003년에 발표한 곡.

었다. 즉, 이런 노래가 유행하는 것 자체가 지금 얼마나 괴로운 시대인지를 말해준다고 생각했다. 내게는 비명 같은 노래로 들렸다.

"No. 1이 되지 않아도 좋아 / 난 원래 특별한 Only One"이라는 구절이 있는데, 이 노래에는 애초에 '꽃'이라는 전제가 있다. 예를 들어 길가에 돌멩이가 나뒹굴고 있다고 하자. 그것도 본래는 온리 원일 것이다. 그래도 이 노래는 돌멩이와는 어울리지 않는다. '세계에 하나뿐인 돌멩이'는 성립되지 않는다.

즉 꽃이라는 전제가 있는 이상, 우선 '꽃'을 아는 사람이 이해하며 노래를 듣는다. 돌멩이가 아니라 꽃. 게다가 그 꽃은 '꽃집 앞에 진열된' 것이므로 '상품 가치'가 인정된 꽃이다. 그 진열된 꽃들 중에서 '하나뿐'이라 하니, 어느 꽃 하나가 어떤 기준으로 선택되어, 즉 비교되어 비로소 온리 원이 된다. 이 세상의 다양한 물건 중에서 그것은 우선 아름다운 '꽃'이며, 또한 그 꽃은 '상품'으로 출하되었고, 그중에서도 '이 꽃'이 선택된 결과, '세계에 하나뿐인 꽃'이 된다.

대개 '특별한' 무엇이라고 한다면, 그것은 그 무엇을 특별하다고 생각해주는 사람이 있어야 의미를 갖는다. 꽃들이 자신을 온리 원이다, 특별하다고 생각하는 게 아니다. 온리 원은 주위의 누군가가 평가하여 결정한다. 그렇다면 분명 '나'는 세계에서 하나뿐이지만, 하나뿐인 인간의 가치는 혼자만의 세상에서는 결정될 수 없다.

결국 '온리 원'이건 '넘버원'이건 무엇과 비교된 후에 결정된다. 또한 온리 원이기 위해서는, 적어도 자신 이외에 몇 명이 있어서, 그중에서 적어도 (자신 이외의) 한 사람이 "당신이야말로 온리 원이다"라고 말해주어야 온리 원은 의미를 갖는다.

〈세계에 하나뿐인 꽃〉은 누군가 말해주었으면 하는 마음을 전해준다. 그 노래가 유행한다는 것은 그런 말을 듣고 싶은 사람이 많다는 것이다. 그러나 실제로 말해주는 사람이 주위에 없으므로, 가수가 대신 말해주고 있다. 이것이 지금 시대를 상징하고 있다고 생각한다.

'온리 원' 전에는 '넘버원'이 되는 것에 가치를 둔 시대가 있었다. 고도 경제성장기에는 GNP 세계 제2위가 되어 일본인이 만세를 불렀다. 넘버원이 좋다고 말하던 시대에는 넘버 투, 넘버 스리, 넘버 포의 위치가 모두 분명했으므로, 그 서열에 있는 한, 설령 제56위라고 해도 그 의미하는 바는 명확했다.

그러나 온리 원은 도대체 무슨 기준으로 온리 원인가. "당신은 내게 특별한 온리 원", "온리 원의 당신이 소중하다"라고 누가 말해주지 않는 한, 애초에 의미를 알 수 없다.

온리 원은, 단지 그곳에 있기만 해도 가치가 있다는 말이 아니다. 그것이 고민스러운 부분이다. 가치는 비교 속에서만 나오며, 주위의 누군가가 정해주는 것이므로, 자기 혼자 말해봤자 소용이 없다.

가치 있는 것, 의미 있는 것이란, 남과 공유함으로써 생긴다. 자기 이외의 누가 알아주거나, "그건 그렇군" 하고 공감해주는 사람이 있어야 가치도 뭐도 있다.

사람은 모두 남들에게 소중한 존재가 되고 싶다. 자기 자신이 소중하다는 의미는 본인 혼자서는 절대 알 수 없다. 이것이

외롭고 괴로운 것이다.

석가가 말한 것은 '사람은 온리 원이므로 소중하다'는 것이 아니라 오히려 '온리 원이면 괴롭다'는 것이었다고 나는 해석한다. 내가 불교에 공감하는 것은 이런 부분이다. "삶은 아름다운 것이네요"라는 말을 듣기보다는 "삶은 괴로운 것이네요"라는 말을 듣는 편이 공감이 간다.

물론 "삶은 아름답다"라고 말하는 사람을 부정하지는 않는다. 단, 나는 "삶은 괴로운 것이네요"라는 전제 쪽이 수긍하기 쉽다는 말이다.

결정적으로 실존이
상처받은 사건

2008년 3월, JR 오카야마 역의 플랫폼에서, 뒤에서 밀려 떨어진 남자가 사망한 사건이 있었다. 체포된 자는 고교를 막 졸

업한 18세의 소년이었다.

이 사건은 소년이 어쩔 수 없이 대학 진학을 포기한 것이 영향을 미치지 않았을까 하는 보도도 있었으나, 그렇다고 해도 그건 계기에 불과하다. 모든 일에는 '계기'와 '이유'가 있다. 사람은 이유를 들으면 안심한다. 그러므로 '아, 대학 진학 문제가 있었기 때문인가' 하고 이해하려고 하지만, 그것을 '이유'라고 결정짓는 것은 경솔하다. 그저 머리로만 생각하는 것이다. 어떤 행동에 대한 단순한 인과관계의 설정은 피해야 한다.

이유를 생각할 때 중요한 것은 거기에 '상상력'이 작동하는지의 여부다. 상상력이란 '상대를 이해하고 싶다'는 마음이 있어야 비로소 작동한다.

물론 피해자를 생각하면 용서하기 어려운 사건이며, 유족의 아픔을 헤아리는 것은 매우 중요하다. 그러나 그렇다고 해서 소년을 벌하거나 단죄하거나 혹은 단순히 세상이 안심하기 위한 '이유'를 생각하는 것은 본질을 잘못 보게 할 수 있다.

한정된 정보밖에 없으므로 잘은 모르지만, 소년은 초중등

시절에 왕따를 당한 듯하다. 그러나 또 하나 결정적이라고 생각한 것은, 한신·아와지 대진재* 때의 피해로 효고의 아마가사키시에서 오사카의 다이토시로 이사한 가족이라는 점. 아버지가 사건이 일어났을 당시 50대 중반이었다고 하니 40대 초반에 가족이 진재를 당한 것이다. 그 후로는 비정규직 직업을 전전했다고 한다. 일의 측면에서도 큰 고생이 상상된다.

내가 느낀 것은, 소년의 가정 그리고 그의 실존**이 대진재에 의해 결정적으로 바뀌지 않았을까 하는 점이다.

인간의 사고방식과 생활양식을 바꿔버릴 정도로 충격적인 경험은 그리 흔치 않다. 그러나 그 정도의 대진재를 경험하였다면, 그 전후로 삶에 대한 생각, 삶의 모습은 틀림없이 바뀌었을 것이다.

· 한신·아와지 대진재 : 1995년 1월 17일, 효고현 고베시와 한신 지역에서 발생한 대지진. 일본 지진 관측 사상 최대 규모의 지진(진도 7.2)으로 6,300여 명이 사망하고 1,400억 달러의 피해를 입었다. 진재(震災)는 지진 재해.
·· 실존(實存) : 주체적·개별적·실제적인 존재(인간). '나는 무엇인가'라는 질문은 실존의 의미를 생각하는 것이며, 제행무상(諸行無常)은 실존의 무상함을 말한다.

그의 경우, 진재를 체험한 것이 4, 5살 때일 터이니 기억에 남아 있을 것이다. 지진으로 집이 무너져, 가족이 오랫동안 살았던 곳에서 다른 곳으로 이사하고 경제적인 어려움이 시작되었다는 것을 어린 나이지만 알았을 것이다.

게다가 왕따는 한신 대진재로 이사한 후에 일어난 듯하다. 즉 그는 진재 그리고 이사에 따른 큰 환경의 변화가 있어, 전혀 다른 실존이 되었다고 생각한다.

그것은 바로 이 세상 자체에 대한 신뢰의 상실이 아니었을까. 대진재는 누구의 책임도 아니다. 세상에는 사람의 힘으로는 어쩔 수 없는 형태로 자신의 운명을 바꿔버리는 그 무엇이 있다. 그것을 몸으로 배운 것이 아닐까. 나아가 지금의 세상은 일단 삶의 방향성이 틀어져 버리면 자신의 힘으로는 회복할 수 없다고 생각한 것은 아니었을까.

그의 공허감은 여기에 있다. 그것은 절망감이라기보다는 공허감이라고 생각한다. 절망감은 자기에게도 원인이 있다고 생각하면 심각해지지는 않는다. 그러나 "나는 잘못하지 않

았는데, 왜?"라는 것이라면, 절망하기보다는 공허하게 되리라
생각한다.

2007년 12월에는 나가사키현 사세보시에서 한 남자가 스
포츠클럽에 침입하여 산탄총을 난사한 사건˙이 있었다. 이렇
게 총을 사용한 무차별 난사 사건은 미국에서는 이전부터 있
었다. 언젠가 일본에서도 일어나리라 생각했던 것이 결국 발
생한 것이다.

범행에는 몇 가지 공통점이 있다. 미국의 사건에서도 그러

˙ 나가사키 스포츠클럽 난사 사건 : 2007년 12월 14일, 범인은 자신이 회원인 스포
  츠클럽에 들어가 산탄총을 난사했으며, 다음 날 시내 가톨릭교회 부지 내에서
  스스로 목숨을 끊었다. 이 사건으로 여성 수영 코치와 범인의 친구 등 2명이 숨
  지고 6명이 중상을 입었다.

했는데, 우선 젊은 남자가 범인인 경우가 많다는 점. 그렇다고 해도 이유는 알 수 없다. 애초에 이유가 분명했다면, 자신에게 불이익이나 굴욕을 준 사람을 직접 겨냥했을 것이다. 하지만 명확한 이유가 없기 때문에 학교나 쇼핑몰 등에서 불특정 다수를 노린다.

또 하나는 사건 후에 자살하는 예가 많다. 그리고 묘하게 연극 같은 행동으로 사전에 동영상 메시지를 만들거나 한다. 나가사키 사건의 경우도 위장복(군복)을 입고 헬멧을 썼다고 한다. 게다가 "언젠가 나는 큰일을 저지르겠다!" 같은 말을 주변에 떠벌리기도 한다.

그들은 특정한 개인에게 원한이나 두려움이 있어서 살인으로 치닫는 것이 아니다. 나가사키 사건에서는 피해자 중 한 사람인 유부녀를 연모했다는 등의 기사도 있었으나, 혹시 그렇다고 해도 그것은 단지 하나의 계기일 것이다. 그런 것이 아니라, 그들은 자신이 싫다. 자신이 살아가는 이유나 가치를 전혀 느끼지 못한다.

그런 인간에게도 두 종류가 있다. 하나는 살아갈 가치가 없으니 자신이 죽을 수밖에 없다고 생각하는 타입, 또 하나는 자신이 의미나 가치를 느끼지 못하는 것은 사회나 타인 탓이라는 사고 회로에 빠지는 타입이다.

그런데 사회나 타인은 특정한 개인이 아니다. 게다가 주위 사람이 전혀 인정해주지 않았는가 하면, 적어도 나가사키 범인의 경우, 부모 형제 혹은 친구도 있었다고 한다.

그들은 특정한 개인 누구에게도 불만이 없다. 그러나 마음 깊숙이 자기 자신이 싫다. 자기혐오에 깊게 매몰된 것이다. 그것은 주위 사람들이 자신을 좋게 평가해주지 않고 인정해주지 않는다고 느끼기 때문이다.

2008년 3월에는 이바라키현 쓰치우라시의 JR 아라카와오키 역 주변에서, 또 6월의 일요일에는 인파가 넘치는 도쿄 아키하바라의 보행자 전용도로에서 20대 청년에 의한 참혹한 무차별 살상 사건이 일어났다. 전자는 1명이 사망하고 8명이 부상, 후자는 7명이 사망하고 17명이 부상을 입은 대단히 가슴 아픈 사건이었다.

쓰치우라 사건의 범인은 처음에는 여동생을 죽이려고 했으나 여동생이 집에 없었기 때문에 초등학교를 습격하려 했다고 한다. 이것이 고등학교도 중학교도 아닌 초등학교라는 점에서, 그의 무력감과 불안감이 상징적으로 드러난다. 그리고 결국 초등학교 습격도 단념하고, 최초의 범행이 된 70대 남성을 살해하기에 이르렀다. 역에서의 사건은 그로부터 나흘 후였다.

나는 이것이 '무차별적인 분풀이'로 보인다. 그것도 타인에 대한 것이 아니라 자기에 대한 '무차별 분풀이'. 그렇다면 피해자들은 그저 우연히 걸려들었을 뿐이다. 실로 분통 터지는 일이다.

사회나 타인에 대한 적의 속에 종종 엿보이는 것은 자기혐오다. 그들의 진짜 상대는 자신이다. 그들은 '이럴 리 없는, 더 좋게 평가되어야 할 진짜의 자기'에 도착적인 나르시시즘을 갖고 있는 한편, '가치를 인정받지 못하는 자기'를 지독히 싫어한다. 그러므로 범죄자 같은 마이너스의 평가라도 무시당하는 것보다는 낫다. 아키하바라 거리 살인의 범인이 휴대전화의 사이트에 쓴 "내 꿈은 와이드 쇼˚ 독점"이라는 유치한 말은 너무도 비참한 고독의 표현이다.

이런 사건이 일어나는 지금의 세상은 애초에 사람을 존경하는 시스템으로 되어 있지 않다. 소비 대상으로서의 삶과 죽

˚ 와이드 쇼(Wide Show)：TV의 연예 정보 프로그램.

음, 일회용의 근로 상황, 그리고 경쟁의 끝은 '자기 책임'. '자기 책임'이라는 개념의 최대 문제는 우리 존재 자체가 자기 책임 따위는 받아들일 수 없다는 것이다.

우리의 존재는 주어진 것이다. 태어나기 전에 "이 세상에 태어날까요?", "예, 탄생하겠습니다" 등의 문답을 하고 스스로 선택하여 세상에 나온 것이 아니다. 주위의 의지로 삶이 주어져 탄생했다. 그 '주어진' 존재가 드러났다고 해서 '자기 책임'이라는 말을 들어도 책임질 방법이 없다. 이러한 사회 속에서는 고립되어 삶의 의미를 느끼지 못하는 사람이 늘어나기만 한다.

앞의 사건처럼 실제로 행동으로 폭발하지 않았더라도 외롭다고 생각하는 사람은 많다. 자신이 살아가는 의미나 가치가 무시당하고 있다는 기분을 느끼는 사람이 실로 많다. 그것이 극단으로 치달으면 자살하거나 폭발하여 사건을 일으킨다.

지금 시대에는 '개성을 중시하자', '자아실현을 하자'라고 큰 목소리로 말하는 사람이 있다. 그런데 그것이야말로 무언가 '특별한 자신, 특별한 온리 원'이 꼭 되어야 할 것 같은 기분이 되지 않을까.

'개성적인 사람이 돼라'는 속박이

사람을 괴롭힌다

시장 사회나 경쟁 사회에는 '인재'라는 말이 있다. 인재는 즉 상품이다. 노동력을 상품으로 판다는 것이므로 이는 자본주의의 숙명이기는 하나, 그렇게 하면 '개성'이라는 말은 실은 팔리는 물건이어야 한다는 말이다. 팔리는 것이 되려면 어떤 차이를 부여해야 한다.

자본주의 사회에서 물건이 교환될 때, 교환 성립의 조건으로서 A 물건과 B 물건에 차이가 있어야 한다. 그 차이로 장사를 하는 것인데, 인간에게도 그와 같은 차이를 요구하는 것이다. 그런데 뛰어난, 팔릴 수 있는 개성을 가진 '인재'는 세상에 그리 많지 않다. 그러니 '개성적인 사람이 돼라'는 강제가 사람을 괴롭힌다. 물건의 교환가치와 인간의 차이를 똑같이 생각하는 것 자체가 문제다.

사람의 개성은 원인이 아니라 결과다. 몇 차례 같은 일을 시켜보면 결과적으로 이 사람은 이런 식으로 일한다는 것이 인지된다. 그것뿐이다. 따라서 가장 개성적인 집단이란 실은 규제가 엄격한 곳에 집어넣고 같은 일을 시켰을 때 확연히 드러난다.

선승 중에 개성적인 사람이 많은 것은, 엄격한 규제에 묶인 수행 도량 안에서 지냈기 때문이다. 같은 일을 하고 있는데 왜 이렇게 다르냐는 생각이 든다. 역으로 가장 몰개성해지기 쉬운 것은, 뭐든 마음대로 해도 좋다는 느슨한 규제 속의 집단이다.

마음대로 해도 좋다는 것이 오히려 몰개성이 되는 것은 왜일까. 모두가 자신이 좋아하는 일을 확실히 알지 못하기 때문이다. 좋아하는 일이란 가르침을 받지 않으면 모르는 게 당연하다. 무엇을 좋아하는지 실제로 본보기를 보거나 교육을 받지 않는 한, 절대로 모른다. 타자와의 관계에서 사회적으로 배울 필요가 있다. 따라서 '마음대로 해도 좋다'는 상태로 그저 툭 하고 내던져지면, 대다수 사람은 남들이 할 수 있는 일을 그저 남들처럼 할 뿐이다.

앞의 '온리 원'의 이야기처럼, 결국 '단 하나'라는 것은 시장이 만들어낸 환상에 불과해, 시장 사회에서만 의미가 있다. 게다가 '단 하나'는 타자와의 관계 속에서만 만들어진다. 타자와 비교할 때 비로소 성립되는 개념이다.

'개성'도 남과의 관계에서 성립된다. 그런데 사람은 자신다움의 근거가 어떤 소지품으로 채워진다고 생각하는 경향이 있다. 타인의 인정을 받으려면 자신의 소지품이 가치 있어야 한다고 생각한다.

그렇게 되면, 타인도 갖고 싶어 하는 것을 가져야 의미가 있다. 길가의 돌멩이가 아니라, 누구나 갖고 싶어 하는 꽃집 앞의 꽃이어야 한다. 그래서 누구나 갖고 싶어 하는 것으로 채우려고 한다. 알기 쉽게 말해, 돈이라든가 미모라든가 지위라든가 명예 등으로. 그러나 그런 것은 어차피 조건이 바뀌면 순식간에 바뀌는 것이다.

예전에 아주 돈 많은 부자와 대화하였을 때,

"스님, 욕망에는 끝이 없군요. 처음에는 돈이었죠. 다음에는 지위, 명예. 그다음에는 훈장입니다. 그다음은 뭐라고 생각하십니까?"

라고 말하기에 "뭐죠?" 하고 되묻자,

"핏줄입니다."

순간 말을 잊었으나 요컨대 귀족이라든가 무언가 관록 있는 혈통을 바란다는 것이다. 놀라울 뿐이지만, 이런 비정상적인 집착도 어쨌든 더욱 타인의 존경을 받고 싶고 인정받고 싶다는 마음에서 나온 것이다. 그것은 이미 보통의 소지품으로는 부족하다.

현실은 그런 것으로 결코 채워지지 않는다. 이 세상에서 채울 것을 구한다고 해도 조건에 따라 자꾸 바뀌어버리므로, 그 어떤 것도 절대적인 근거가 될 수 없다. 현세의 것이 모든 조건에 의해 바뀐다면, 현세의 것과는 다른 것으로 채우려고 한다. 그래서 요즘 유행하는 전생이라든가 심령술, 혹은 이데올로기를 찾게 되는 것이 아닐까.

제2장

「저세상」은 있는가

사람의 괴로움이나 외로움의 근본에 있는 것은, 자신과 삶이 '주어진' 것이라는 엄연한 사실이다.

앞에서 말한 것처럼, 우리는 애초에 작정하고 삶을 받아들인 것이 아니다. '어쩔 수 없이' 세상에 태어나 일방적으로 이름을 부여받고 사회적 자아가 주어졌다.

주어진다는 것은, 근거에 구멍이 뚫려 있다는 것이다. 자신의 한가운데에 구멍이 나 있다. 태풍의 눈처럼 숱한 관계를 안으로 빨아들이며 나아가지만, 한가운데에는 아무것도 없다. 그러므로 불안하여 어찌할 바를 모른다. 아이덴티티(정체성)란이 구멍을 채우는 재료와 다름이 없다.

반항기의 청소년이 한 번쯤 입에 떠올리는 "태어나고 싶어서 태어난 게 아니야!", "낳아달라고 부탁한 적 없어!"라는 말 그대로, 우리는 인생을 '자기 결정'으로 시작하지 않았다. 자기라는 존재 자체에는 애초에 근거가 없다. 그러므로 괴로운 것이고, 그래서 뚫린 구멍을 '의미'라든가 '가치'로 메우려고 한다.

뚫린 구멍을 메우려고 할 때 어떻게 하는가. 우선 사회적인 나를 만들어가면서 사회적인 의미에서 개인을 규정해가는 방법이 있다. 보통, 사람은 가정 안에서 크고 가정은 사회 안에서 큰다. 그때 사회에는 확실한 장치가 있어서, 가정의 의미나 개인의 의미는 사회에서의 역할, 가족에서의 역할로 규정된다. 그러한 큰 맥락이 있다.

이 맥락이 확실하게 존재한다면, 사람은 자신의 사회적 의미를 알 수 있다. 그 사회적 의미가 마음에 들지 않아도 의미만 확실하다면, 적어도 그것에 반대할 근거는 있는 셈이다.

예를 들면, 오랜 옛날에는 그것이 애니미즘(모든 것에 영혼이 깃들어 있다는 생각)이었거나 부족국가에서의 부족의 일원이라는 역할이었거나 해서, 그 구심력이 되는 것, 뚫린 구멍을 메우는 것이 확실하게 기능하고 있었다.

그런데 문제는, 사회질서가 혼란스러워지거나 가족을 규정하는 사회적 맥락이 혼란스러워지거나 ─ 바로 지금의 일본 사회가 그러하지만 ─ 하면 이 구멍을 둘러싸고 모두가 안심할 수 없게 된다. 그러면 '나는 무엇인가'라는 이야기가 된다. 나아가 '넘버원을 결정하는 규칙은 무엇인가. 온리 원은 왜 가치가 있는가'라는 이야기로 진전되어 더욱 불안하게 된다.

그러나 삶을 이치나 논리로 시작한 것이 아닌 이상, 그 의미는 근본적으로 이치로는 해결되지 않는다. 사람이 사는 의미나 가치는 태어난 후의 것이고, 이치도 '태어난' 후에 시작된 것이다.

'탄생'과 '죽음'은
누구도 경험할 수 없다

청소년의 자살이 연쇄적으로 일어나고 있다. 그들은 자신의 자살로 선생님들이 비로소 사태의 중대함을 깨달아 사과하고, 모두가 슬퍼하고, 매스컴이 떠드는 것을 어디에선가 자신이 볼 수 있다고 생각하는지도 모르겠다. 그렇다면 그들은 그렇게 하고 싶어서 죽고, 그런 환상을 품기에 죽는다는 것이다.

내가 중학생 때, 교실에서 휴식 시간에 여학생들이 모여 흥분된 어조로 대화를 나누는 것을 들었다. 화제는 어느 남자 중학생의 자살이었다. 당시, 우리 세대의 자살 보도는 드문 일이었다.

여학생들의 톤 높은 목소리가 이어지는 가운데, 한 여학생의 한층 높은 목소리가 들려왔다.

"그래도 자살한다는 건, 역시, 용기 있다고 생각해!"

그 여학생은 당시 내가 짝사랑하던 상대였다. 그것이 누구이든 어떤 것이든, 좋아하는 여학생이 다른 남자를 칭찬하는 것을 유치한 사춘기 남학생은 용서하지 못한다. 나는 반사적으로 그곳에 있는 모두가 돌아볼 정도의 목소리로 내뱉었다.

"자살하는 놈이 바보지! 자살하면 편해진다는 걸 어떻게 알지? 내가 지옥의 염라대왕이라면 자살하는 놈은 '현실 지옥'에 집어넣겠어. 자살해보니 자살한 것만 기억에 남고, 나머지는 살던 때와 완전 똑같은 상태라는 걸 보게 해줄 거야!"

2, 3초 정도 교실 전체가 황당하다는 분위기였는데 그녀의 한마디가 어색한 분위기를 깼다.

"미나미는 역겨워!"

이 기억은 여자에게 차인 충격의 곱빼기가 될 듯한 실로 강렬한 트라우마(정신적 충격)가 되었는데, 그것은 어쨌든 간에, 이러한 말을 순간적인 착상으로 말했을 정도로 나는 당시부터 '저세상'의 이야기를 농담 이상으로는 생각하지 않았다. 어릴 때부터 느꼈던 '죽음'의 압도적인 현실감에 비하면, 죽음의 의미도 모르면서 사후의 이야기를 하는 것은, 솔직히 말하면, 단지 바보라고 생각했다.

죽음은 이 세상에 있는 한 절대로 알 수 없다. '저세상'을 말하는 책에서 '죽음은 두려워할 필요가 없다', '저세상의 문을 여는 것과 같다' 등의 해석을 읽고, 알 것 같은 느낌이 들 수도 있다. 그러나 죽음의 정의 중 하나는, 죽음이 무엇인지 절대로 알 수 없다는 것이다.

삶의 끝(죽음)도 삶의 시작(탄생)도 알 수 없다. 삶이 이미지라고 한다면, 탄생이나 죽음은 관념이다. 이미지란 오감의 대상으로서 경험할 수 있는 것이다. 그러나 관념은 경험의 대상 밖이다. '경험적인 죽음'이란 있을 수 없다. 임사체험 등을 말하지만 지금 살아서 그것을 말하는 이상, 그것은 죽음이 아닌 것이다.

'탄생'이나 '죽음'에 확실한 것이 있다고 생각하기 때문에 사람은 괴로워한다. 그러나 우리가 스스로 경험할 수 있는 것은 '태어난 후'부터 '죽기 직전'까지의 삶뿐이다. 그렇다면 '알 수 없는' 것은 '알 수 없는 채'로 받아들이는, 즉 '확실한 것은 없다'고 작정한 상태에서 그럼 어떻게 할까를 생각하는 것도 하나의 방법이라고 나는 생각한다.

거듭 말하지만, '나다', '죽다'가 무엇인지 우리는 원리적으로 알 수 없다. 이것은 경험 가능한 현상이 아니기 때문이다. 아무래도 경험 불가능한 것을 이해할 수는 없다.

그래도 이해하려고 한다면 '모델'을 사용하는 수밖에 없다.

인간은 보통, 자신의 죽음은 이 세상에서 저세상으로의 '이행'으로, 가족이나 친구의 죽음은 '이별'로, 제3자의 죽음은 단지 '소멸'로 이해한다. 이것들 외에 이해의 모델은 없다. 그러므로 동서고금, 어느 사회·민족·문화에서도 사람을 장사 지내는 의례는 이런 '이행'과 '이별'을 기본 패턴으로 하여 디자인되었다. 당연하지만 제3자의 죽음은 의례가 되지 않는다. 관계가 없기 때문이다. 예외는 없을 것이다.

아마 죽음에 관한 이런 '이행', '이별' 모델을 가능하게 하는 사상의 근저에는 '나는 어디에서 와서 어디로 가는가'라는 물음이 가로놓여 있다. 이 피할 수 없는 근원적인 물음의 답으로서 모델이 고안된 것이다.

그런데 세상에는 불행하게도 더욱 근원적인 질문을 던지는 사람이 있다. 그런 사람은 어디에서 왔는가, 어디로 가는가를 생각할 여유가 없다. 애초부터 '지금 여기에 내가 살고 있다는 것은 어떤 의미인가'가 궁금한 물음인 것이다.

죽음이라 해도 어딘가 다른 세계로 가거나 헤어지는 것은 아무래도 좋다. '죽음이란 무엇인가', '내가 죽는다는 것은 어떤 의미인가'를 알고 싶어 한다.

그들에게는 '이행', '이별' 모델로 무엇을 설명해도 무의미하다. 질문 자체의 성격이 다르기 때문이다. 죽음 자체를 묻는 사람에게 사후의 이야기를 하는 것은, 여행의 의미를 의심하는 인간에게 목적지를 상담하는 것과 같다.

그래서 나는 생각건대, 불교가 '윤회를 벗어난 해탈'을 말하는 것은 바로 이 문제 설정의 차이에서 나온 것이 아닐까. 그리고 윤회에서의 해탈이란, 실은 '윤회'라는 '목적지'의 사고방식, 정교하건 장대하건 어차피 '이행' 모델에 불과한 사고방식에서의 해탈을 말하는 것이 아닐까.

즉, 나는 석가가 자신의 질문에 대한 대답으로서 '윤회' 모델을 무의미하다고 여겼으므로 해탈을 말했다고 생각한다.

그러나 물론 물음이 '온 곳, 갈 곳'에 있는 사람에게는 '이행' 모델이 충분히 기능한다. 그렇다면 상대방의 물음의 성격을 파악한 후에 대답을 가려 쓰고, 가려 쓴 모든 책임을 지는 것이 승려에게 허용된 '방편'ᐟ이라는 것이리라.

전생·내생이라는
'이야기'를 믿는다

선천적으로 신체장애를 가진 어떤 사람이 말했다. "스님, 저

ᐟ 방편(方便): 불교 용어로는, 중생을 구제하기 위하여 쓰는 묘한 수단과 방법.

는 이 현세는 실패했습니다. 할 수 없이 지금 좋은 일을 하여 내생에 더 좋은 삶을 살려고 합니다. 괜찮겠죠?" 이것은 분명 "네, 그렇습니다"라는 나의 대답을 원하는 질문이다.

나는 아무래도 "그렇습니다"라고 대답할 수는 없었다. 그러나 갈등 끝에, 고심한 나머지 "그런 생각도 가능하겠지요. 그래도, 어쩌면 당신 본인이 실패한 게 아니라 전생에서 누구 대신으로 무언가 업보를 짊어졌을지도 모르겠네요"라고 무심코 말해버렸다.

"네? 그런 것도 있습니까?" "부정할 수는 없다고 생각하네요……"라는 말로 그와의 대화는 끝났다. 물론 실제로 나는 그의 전생을 전혀 모른다. 그러나 그렇다고 해서 부정도 할 수 없다. 이 대화는 어디까지나 그와 나 둘만의 것이었다. 그러므로 그에게 전한 말의 책임은 나에게 있다고 생각한다.

또 어느 때는 90살 넘은 할머니가 내게 질문했다. "스님, 죽으면 저는 좋은 곳에 갈 수 있을까요?" 나는 그때 "갈 수 있다고 정해진 것은 아닙니다만, 이렇게 열심히 사신 할머니가 좋은 곳에 가지 못하시면 어딜 가시겠습니까. 극락에 가실 수 있습니다"라고 대답했다.

이것은 솔직히 용기가 필요했다. 그냥 차를 마시며 할 말은 아니었다. 초기의 불경에 나오는 석가의 근본적인 가르침에서 보자면 틀린 말이다. 나의 신념으로 말해도 "잘 모르겠다"로 그쳐야 할 말이었다.

아무래도 모순되는 말이지만, 할머니가 내게 듣고자 한 말은 "갈 수 있습니다"의 한마디였다. 그것을 내가 받아들일지 말지의 문제다. 그리고 나로서는 받아들이지 않을 수 없었다.

교리에서 보자면 틀렸다고 해도, 나와 할머니 사이에는 '정말'이었다. 그래도 할머니의 물음은 해결되지 않았을 것이다. 그러나 그녀의 질문에 내포된 절박함을 이해하는 사람이 있다는 사실을 표현하는 쪽이 중요하다고 생각했다.

즉, 문제의 본질은 정말로 '저세상'이 있는지 없는지가 아니다. 내생을 이야기하는 것에 의해 그 사람이 어떻게 되는지가 문제다. 그래서 마음이 가벼워지는가, 아니면 무거워지는가.

그 사람이 내 이야기를 듣고 절망했다면, 그것은 모두 나의 책임이다.

물론 교리의 설명을 요구했다면 그 이야기를 했을 것이다. 그러나 그때는, 그녀 혹은 할머니의 실존이 걸려 있다고 생각했다. 내가 이해하고 받아들여야 하는 것은 그들이 실존하고 있는 것, 그들이 문제로 삼고 있는 것이다.

적어도 그들은 교리의 설명을 들은 것이 아니었다. 그러나 승려에게 묻는 이상, 불교라는 큰 틀에서의 대답을 요구하고 있다. 그것이 괴로운 점이다. 그렇다고 해서 "석가는 저세상이 있다고도 없다고도 말하지 않았습니다"라고 대답하는 것에 의미가 있다고는 생각하지 않았다.

---

* 저자의 생각은 다음과 비슷하다. 欲知前生事 / 今生受者是 / 欲知來生事 / 今生作者是(전생을 알고자 하느냐 / 금생에 받는 그것이다 / 내생을 알고자 하느냐 / 금생에 하는 그것이다). 《법화경》

    2005년부터 조동종이 관리하는 오소레산 보다이지﹡의 주지 대리를 맡았다. 오소레산은 일본 본토 최북단인 아오모리현 시모기타 반도의 중앙부에 있다. 알 만한 사람은 다 아는 영지靈地이다. 주지 대리를 맡게 되어 내가 약간 놀란 것은, 어쩐 일인지 전국에는 꽤 많은, 소위 영능자靈能者(영적 능력자), 민속 종교인 같은 사람이 있다는 사실이다. 이 사람들은 '기도사拜み屋(오가미야)'라고 칭해지기도 하는데, 도시와 농촌을 불문하고 각지에 거주하며 각자 신자도 있다. 다양한 고민거리의 상담도 해주는 '영적' 조언을 하는 것이다.

    7, 8년 전에 주지를 맡았던 후쿠이에서 절의 신도가 아닌

﹡ 오소레산(恐山) 보다이지(菩提寺) : 오소레산은 영장오소레산(靈場恐山)으로 불리며 일본 3대 영지의 하나. 옛날부터 죽은 자를 공양하는 장소로, 그 지역에서는 사람이 죽으면 영혼이 오소레산으로 간다는 신앙이 전해지고 있다. 보다이지는 862년 창건으로 전해지며 지장보살을 모시고 있다.

사람이, 집을 신축하니 독경을 해달라고 내게 부탁했다. 들어보니 '기도사'에게 상량식의 길일을 상담한바, 그 땅에는 아직 승천하지 못한 영혼이 있으니 스님에게 독경을 부탁하라는 말을 들었다고 했다. 이처럼 사람들의 희비가 엇갈리는 일상생활에 밀착한 고민거리를 '기도사'가 받아주고 있는 것이다.

그들(그녀들)과 신자의 관계는 항간에서 말하는 신종교, 신흥종교 교단에서의 교조와 신도의 관계와는 전혀 다르다. 보건대, 극히 보통의 옷차림과 태도의 사람들로, 신자들이 '선생님'이라고 부르기도 하는데, 그 모습은 우리가 신뢰하는 사람을 대할 때와 다르지 않다.

명확한 교리는 전혀 없고, 자신이 어떤 신이나 부처를 신앙하여 자신의 영적 능력의 원천으로 하고 있음을 어필하는 듯하다. 오소레산의 지장보살님도 유력한 원천의 하나인 듯, 정기적으로 신자를 인솔하고 참배하러 온다. 물론 하나에 한하지 않고, 곳곳의 절, 신사, 영지, 영산을 참배하는 그룹도 많은 듯하다.

오소레산에는 참배자들이 묵을 수 있는 숙방宿坊이 있는데, 이전에 묵었던 어떤 '선생님'이 다음 날 아침에 신자들에게,

"밤중에 ○○산(유명한 영산)의 △△님을 만나고 왔소이다."

하고 말하는 것을 듣고 놀랐던 적이 있다. ○○산은 오소레산에서 수백 킬로 떨어진 곳이었다. 그러자 그 말을 들은 신자들은 매우 자연스럽게 대답했다.

"참 고생이 많으셨군요. △△님은 뭐라 말씀하시던가요?"

"모두 자주 찾아오라고 하셨습니다."

처음부터 듣지 않았다면 친척을 만나러 갔다 온 듯한 대화였다.

이것이 사실인지 아닌지 판별한다는 것은 아마 무의미할 것이다. 당신은 밤새도록 쿨쿨 자지 않았는가 묻는다고 해도 "몸은 그렇지만 혼은 빠져나와 날아다녔다"라고 대답한다면, 제3자는 그것이 거짓이라고 증명할 수 없다. 동시에 '선생님'이 제3자에게 '날아서 갔다'는 것을 증명할 수도 없다.

요컨대, 본인과 신자에게는 극히 자연스러운 '현실'이며, 제

3자에게는 황당무계한 '옛날이야기'라는 것이다. 어느 쪽이든 '객관적으로' 증명하여 '논리적으로' 판정하는 것은 불가능한 상담으로, 하는 게 잘못이다.

불교는 석가의 시대부터 이런 논쟁에는 참여하지 않았고, 부정도 긍정도 하지 않았으며, 질문을 받아도 대답하지 않는다는 태도를 보였다. 왜냐하면 석가의 가르침에서 최대의 테마는 오로지 '인간은 어떠한 존재이며 어떻게 살아야 하는가'라는 것이었기 때문이다. 그 이외의 논쟁은 무의미하다는 말이다.

역으로, 그 관점에서 말한다면, 사람이 그 신앙에 의해 편안하게 풍요로운 마음으로 살 수 있다면, 그들이 소중히 하는 신앙을 애초부터 부정하는 것도 역시 잘못이다. 불교가 일관적으로 종교적 다툼을 회피하면서 그 땅, 그 지역에 뿌리내린 신앙과 때로는 융합하고 갈등하면서 공존해온 것은 이러한 철학이 있었기 때문이라고 생각한다.

오소레산에 있으면, 일본인의 소박한 신앙심과 불교가 연결되는 하나의 본보기를 보는 느낌이다. 그것을 불교의 이상적 모습이라고 무조건 긍정하는 것도, 틀렸다고 단칼에 자르는 것도 의미가 없다. 중요한 것은, '무엇이 바른 불교인가'라는 것이 아니라, '자신에게 필요한 불교는 무엇인가'라는 물음이다.

영적 능력자와 무당은
특수한 능력을 지닌 사람들

내가 "저세상이 보인다"라고 말하는 사람을 만나 가장 듣고 싶었던 것은, 그곳에서는 말이 통하느냐는 것이었다. 이 세상의 말이 상대에게 통하는지 물어본바, 통한다는 대답이었다. 그 순간, 내게 '저세상'의 이야기는 아무래도 좋은 것, 나와는 물음의 성격이 다른 것이라고 실감했다.

이 세상의 말이 통한다는 것은, 여기의 자의식이 그대로 저세상에도 있다는 것이다. 생각해보면 그것은 당연하다. 자의식의 동일성이 이어진다면 전생, 현생, 내생의 자기는 동일하다는 말이다. 그렇다면 내생에도 원한이 있고 사랑도 있다. 삼각관계도, 도둑질도 있다. 즉, 이 세상과 다르지 않다. 그런 것이 영원히 이어진다면 괴롭지 않을까.

불교에서는, 천국에 가나 지옥에 가나 똑같고, 어느 세계라도 결국 그곳에서 벗어나는지 벗어나지 못하는지의 문제일 뿐이라고 말한다. 여기에 나는 현실감을 느낀다. 영혼이 보인다, 저세상이 보인다고 말하는 사람을 부정하는 게 아니다. 분명히 있는지 없는지 내가 알 수 없는 이상, 부정은 하지 못한다. 그러나 그래서는 자신의 문제가 해결되지 않는다.

왜 지금, 여기에 있어야 하는가. 왜 이 세계는 이렇게 만들어졌는가. 여기서 살아가는 것은 그렇게 의미가 있는가. 의미가 없다면 왜 살고 있는가. 좀 더 말하자면, 왜 이 세상에는 죽음이 있는가. 왜 죽음이 있는데도 태어나는가…….

이러한 물음은 아무것도 해결되지 않았다. 내게 영적 능력자란, 100미터를 9초대에 달리는 사람, 장대높이뛰기에서 몇 미터를 넘는 사람, 혹은 암산으로 몇 자릿수를 몇 초에 해치우는 사람과 같은 의미로, 내게는 없는 특수 능력을 가진 사람인 것이다.

물론 그것에서 의미를 찾는 사람도 있다. 실제로 오소레산에서도 무당의 말을 듣고 매우 만족하여 돌아간 사람도 있다.

오해가 있을 듯하여 말하는데, 무당이란 아오모리현 등의 북동부에 많은 여성 영매사를 말한다. 이미 오소레산 하면 무당, 무당 하면 오소레산이라고 생각하기 십상이라, 오소레산에 걸려오는 전화도 반 이상이 무당에 관한 문의인데, 무당은 오소레산에 소속된 것도, 오소레산과 계약 관계를 맺은 것도 아니다.

그녀들은 소위 자영업자다. 통상은 자택에서 '공수(강령술)'를 하는데, 오소레산의 예대제例大祭(매년 7월에 거행되어 일

공수: 무당이 귀신의 입을 빌어 말하는 것. 공수를 내리다, 공수를 받다로 주로 표현한다.

본 전국에서 참배자가 모임) 같은 큰 종교행사에 많은 신자가 모일 때, 그곳으로 '출장' 나온다. 오소레산은 그녀들이 오는 것을 막지 않을 뿐이다.

따라서 보통 경내에 무당은 없으나, 오소레산과 오랫동안 관계한 무당이 주말에 오는 경우는 있다. 그리고 그녀를 만나려고 토요일, 일요일이 되면 많은 사람이 찾아온다. 작은 그녀의 등을 바라보고 있으면 영혼의 유무는 논외로 하고, 이 사람은 지금까지 얼마나 많은 사람의 고민을 받아주었던 것일까 문득 생각하게 된다.

그런 사정이므로 오소레산에 무당에 관한 문의가 와도, 곤혹스럽지만 그녀들이 찾아온다고 해도 전혀 상관하지 않는다. 그것이 진정한 것인지 증명할 수 없으나 거짓이라고도 증명할 수 없으므로, 말을 들으러 오는 사람이 만족하고 돌아간다면 그것은 그것으로 괜찮다고 생각할 뿐이다.

참고로 오소레산에서는 심령 현상 관계의 취재 신청에도 일절 응하지 않고 있다. 여기는 어디까지나 신앙의 장소이기 때문이다.

나는 이 세상에 상식이나 과학적 설명이 적용되지 않는 불가사의한 현상이 많이 있다는 것을 부정하지 않는다. 그중 몇 가지는 '심령' 모델로 설명하는 편이 이해하기 쉬울 것이다.

그것은 그것으로 상관없으며, 이 땅에서 심령을 느끼는 것은 느끼는 사람 마음대로이지만, 오소레산이 오소레산인 까닭은 그러한 것이 아니라, 사람을 생각하는 마음에 있다. 주변의 이야기에 귀가 솔깃해지면 이런 본질을 보지 못할 수 있다.

어느 날 오소레산에서의 일. 그날은 숙방에 묵는 사람이 적어 초로의 부부와, 같은 또래의 부인 한 명, 그리고 젊은 남자 한 명뿐이었다. 나는 밤에 법화法話(불법에 관한 이야기)를 하였는데, 법화라기보다는 좌담 비슷하게 편한 대화를 나누었다.

그런데 대화 중에 죽은 사람을 생각하는 사람들의 마음이 오소레산에서는 어떤 모습으로 표현되는지에 관한 이야기에 이르렀을 때, 부부 중 남편이 묘하게 민감한 반응을 보였다. 주름이 가득한 큰 눈을 붉게 하고 나를 가만히 바라보았다.

그리고 화제가 무당으로 넘어갔을 때, 누군가 영혼이 정말로 있다고 믿어 의심치 않는다고 무당이 말했다고 하기에, 내가 그런 말을 믿으면 좋지 않은 결과가 될 수도 있다는 의미의 말을 하자, 남편은,

"네, 그렇죠. 말씀 그대로입니다, 스님. 하지만요, 지푸라기라도 잡겠다는 심정으로 온 사람도 있습니다. 저는 여기에 오니 죽은 사람을 만날 듯한 느낌입니다."

라고 다소 흥분한 모습으로 말했다. 황급히 부인이 만류하였으나 곧 이야기를 들어보니, 부부는 일 년쯤 전에 바로 눈앞에서 일어난 사고로 소중한 아들을 잃었다. 이것은 두 사람에게 대단히 충격적인 사건으로, 특히 남편은 손의 떨림이 멈추지 않을 정도로 몸이 크게 상하고, 심한 우울 상태에 빠져버렸다

고 한다.

그것은, 아들의 죽음을 받아들일 수 없다, 왜 아들이 죽어야 했는지 알 수 없다는 괴로움의 결과일 것이다.

그러자 그때까지 잠자코 있던 다른 부인이 입을 열었다.

"스님, 우리 같은 사람은 아무것도 모르지만, 죽은 사람을 언제까지나 생각하고 슬퍼하고 있으면 오히려 그것이 방해가 되어 죽은 자가 성불하지 못한다는 건 정말일까요? 저도 자식을 잃은 자로서……."

나는 한동안 말이 나오지 않았다. 그 남편과 이 부인의 얼굴, 그리고 마음 굳게 행동하기는 하지만 어딘가 슬픔이 묻어 나오는 그 부인의 얼굴을 바라보며 이렇게 생각했다.

이 사람들의 슬픔을 막아서는 안 된다. 지금은 충분히 슬퍼할 때다. 슬픔에 잠겨 있는 게 당연할 때다. 단, 슬퍼하는 것도 조절이 필요하다. 슬픔이 자신과 타인에게 상처를 주지 않도록 슬픔의 흐름을 인도해야 한다.

여기까지 생각했을 때 문득 한 생각이 떠올랐다. 오소레산은 자연스럽게 그런 인도가 가능하지 않을까. 사람이 어려운 이치를 말하는 것보다 오소레산의 무당에게 맡기는 쪽이 좋지 않을까라는 생각이.

다음 날 아침, 나는 절을 막 떠나려는 그 남편에게 인사했다. "무당, 어땠했습니까?"라고 묻자, 남편은 은근한 미소를 지으며 말했다.

"네, 좋은 말씀을 들려주었습니다. 그래도 그것보다, 스님. 저는 가능하다면 좀 더 며칠 여기에 머물면서 수행의 흉내라도 내고 싶어졌습니다."

그 말을 듣고 나는 매우 기뻤다.

오소레산에 가면
소중한 사람을 '만날 수 있다'

영혼의 문제는 그것을 생각하는 사람에게는 실제적이다.

아니, 유족에게는 '영혼'이라기보다는 '사자死者' 그 자체가 매우 현실적으로 존재하고 있다. 그들에게 '사자'는 결코 '사체'가 아니다. 동시에, 있는지 없는지도 모호한 '영혼', 나아가 '유령' 등이 아니다. 어쩌면 살아 있는 자보다 더욱 현실적인 존재일 수 있다.

오소레산에는 매년 전국에서 많은 사람이 참배하러 오는데, 사자를 위해 많은 옷과 음식을 놓고 간다.

또 이 영산靈山의 깊은 숲 속의 나무에는, 가지와 줄기 여기저기에 흰 손수건이나 수건이 매여 있다. 멀리서 보면 하얀 자작나무 숲으로 보일 정도다. 오소레산도 여름은 덥다. 그렇다면 저세상으로 여행을 떠난, 혹은 저세상에서 찾아오는 조상의 영혼도 더울 것이고, 더우면 땀이 날 것이라는 생각에 땀을 닦도록 손수건이나 수건을 공양하는 것이다.

또 '삼도천 의 모래밭'이라고 불리는 오소레산의 바위산에

삼도천(三途川) : 사람이 죽어서 저승으로 가는 도중에 있다는 강.

가면 여기저기에 풀이 묶여 있다. 나보다 윗세대가 이것을 보면, 대부분 어릴 때 한번쯤 자신도 한 적이 있는 장난을 떠올릴 것이다. 나도 어릴 때 공원에서 한 적이 있다. 풀 윗부분을 묶어 놓아 누군가 발에 걸려 넘어지도록 하는 것이다. 그런데 왜 오소레산에 그것이 있을까. 처음 봤을 때는 분명 장난이라고 생각해서 안내자에게 "어디 가도 쓸데없는 장난질을 하는 사람이 있군요"라고 말했다. 그런데 그가 말하길, "아닙니다. 단지 장난이라면 이렇게 많이 있을 리가 없죠. 장난이 아닙니다".

분명 무수하게 묶인 풀들이 보였다.

이것은 장난이 아니다. 이것이야말로 '삼도천의 모래밭' 이야기에서 유래한 것이다. 원래 '삼도천의 모래밭' 이야기는 여러 버전이 있긴 하지만 기본적으로는 다음과 같다.

태어나지 못한 아이나 일찍 죽은 아이는 사후에 '삼도천'에 있는 모래밭에서 다시 태어난다. 그 모래밭에서 이 세상에서 하지 못한 효도나 쌓지 못한 공덕 대신에 돌을 쌓아 올려 부처님에게 공양하고, 그 공덕을 부모에게 회향回向(자신의 덕을 타자에게 돌리는 것)하려고 한다. 그런데 돌이 쌓여서 작은 산이 되면 도깨비가 나타나 그 돌산을 차서 무너뜨린다. 그러면 아이들은 울면서 처음부터 다시 쌓는다. '삼도천의 돌쌓기'가 보답을 받지 못하는 노력의 비유로 쓰이는 것은 이 이야기에서 유래한다.

대략 이런 이야기인데, 실은 이 이야기는 인도의 불교에도 중국의 불교에도 없다. 불교의 경전에도 나오지 않는다. 이 이야기는 중세에 생겼다고 생각되는 일본산 불교 설화이다.

이 이야기가 오소레산에서는 이렇게 변형된다. 태어나지 못한 아이나 일찍 죽은 아이가 열심히 돌을 쌓는다. 도깨비가 나타나 발로 차 무너뜨린다. 아이들은 무서워서 도망친다. 도깨비는 재미있어하며 뒤를 쫓는다. 이 도깨비를 넘어뜨리려고 풀을 묶는다는 이야기이다.

그렇다면 누가 풀을 묶어놓았는지 상상이 갈 것이다. 아이를 잃은 부모들이다. 젊은 부모는 '삼도천의 모래밭' 같은 이야기를 모르는 사람도 있을 것이다. 그 사람들은 누군가에게 그저 "아이의 공양을 위해 오소레산에 가면 풀을 묶고 오라"라고 들었을지도 모른다.

묶인 무수한 풀들을 보고 있으면, 사람을 이렇게 하도록 만든 무언가, 단지 상상력이라고만 할 수 없는, 더욱 실제적인, 마음 깊은 곳에서 솟아나는 힘의 존재를 느끼지 않을 수 없다.

그리고 오소레산 참배자들을 접해보면, 그들에게는 죽은 소중한 사람이 지금도 존재한다고 생각하지 않을 수 없다. 오소레산에 오면 그 사람을 만날 수 있다. 내게는 보이지 않지만, 그곳에 있을 것이라는 느낌은 내게도 전해진다. 실제로 그런 참배자들을 머나먼 오소레산까지 오도록 하는 존재가 있다는 말이다.

오소레산에는 아마 그러한 감정을 해방시키는 장치가 있지 않나 생각한다. 옛날에는 그것이 오소레산에 한하지 않고 더 가까운 곳에 있었을 것이다. 삶의 세계와 죽음의 세계는 더 많은 교류가 있었던 것이 틀림없다.

그런데 지금은 삶과 죽음을 확실히 구분하는 사회가 되었다. 근대 자본주의 사회에서 가장 훌륭한 사람은 대량으로 생산하여 소비하고 교환하는 사람이다. 그렇다면 생산도 소비도 교환도 하지 않는 사자死者, 생산과 소비와 교환을 방해하는 죽음은 당연히 설 자리가 없어진다. 이것이 장기 이식이라든가 유전자 조작 등의 이야기가 되면, 사자라도 삶의 영역에 편입될 가능성이 생기는 만큼, 윤리적인 문제가 될 것이다.

그러나 뒤에 상세히 말하겠지만, 나는 어쩌면 이 세상이 모두 잘못되지 않았는가 하며, 때로는 의심해보는 것도 필요하다고 생각한다. 그래서 죽음은 꺼리고 피해야 하고 사자는 잊어야 한다는 전제를 반전시키는 것이 중요하지 않을까 생각할 때, 일상적으로 그것을 수행하고 있는 장소가 일본 안에 아직도 있다는 것은 주목할 만하다.

생각을 담는
'그릇'으로서의 불교

　오소레산 경내에는 높지막한 장소에 안치되어 돋보이는 지장보살님이 있다. 여기까지 올라가려면 노인은 꽤 힘들지 않을까 생각하는데, 그래도 참배하는 사람이 끊이지 않는다.

　예전에 안개비로 매우 쌀쌀한 날에 나는 오랜만에 경내에서 바위산 길을 돌다가 문득 바라보니, 지장보살님 좌대 밑에 한 남자가 쭈그리고 앉아 있었다.

　참배하는 사람인가 생각하고 그냥 지나쳤으나, 30분 정도 후에 다시 한번 지나가니 아직도 쭈그리고 앉아 있었다. 혹시 몸이 아픈가 생각한 나는 서둘러 다가가다가 4, 5미터 앞에서 발걸음을 딱 멈추고 말았다.

　그는 양복 차림에 60살 전후로 보였다. 그는 지장보살님의 발밑에 무릎을 꿇고, 양다리 사이로 머리를 처박은 것처럼 깊게 몸을 숙이고, 손으로 배를 감싸듯 합장하며 계속 독경을 하고 있었다. 내가 본 것만 30분 이상이었다. 도대체 얼마큼의 시간을 그는 그렇게 하고 있었던 것일까. 백발의 머리는 안개비에 흠뻑 젖어 있었다.

그에게 무슨 일이 있었을까. 그것은 알 도리가 없다. 단지 그는 오소레산이니까, 지장보살님 앞이니까 그랬을 것이다. 이것을 '치유'라고 할 것인가. 아니, 그는 그렇게 할 수밖에 없었다고 생각한다. 그것은 '치유'와는 거리가 먼, '괴로운 나머지'라고 해야만 할 듯한 필사적인 모습이었다.

오소레산의 지장보살님은 이런 사람들의 애절한 염원을 늘 받아주고 있다고 생각했을 때, 나는 비로소 우러러본 지장보살님이 그저 돌로 만든 불상이 아닌 무언가, 감히 말하자면, 지장보살님 그 자체로 보였다.

오소레산에는 사람들 사이에서 자연스레 생겨난 많은 신앙이 있다. 아까 말한 손수건의 숲 같은 것도 그 하나인데, 여름의 대제 때에 우소리宇曾利 호숫가에 즐비한 꽃과 바람개비, 촛불과 공양물의 ― 그 길이 수십 미터나 되는 ― 줄도 그러한 신앙의 표현이다.

참배하러 오는 사람은 호숫가에서 이러한 공양을 한 후에 호수 안쪽을 향해 합장한다. 호수 방향이 서쪽이므로 서방의 극락정토를 바라보는 것이리라.

그런데 사람들은 여기서 절을 올린 후에 무엇을 할까. 나도 처음 그 광경을 봤을 때는 놀랐다. 그들은 호수를 향해 죽은 사람, 그리운 사람의 이름을 부른다.

"엄마~" "아버님~" "여보~" "다카히로~"

한 사람이 소리치면, 마치 연쇄 반응처럼 연달아 (실례지만) 나이깨나 먹은 중년 노년의 남녀가, 어느 사람은 울기까지 하면서, 죽은 이의 이름을 부른다. 그것이 호수에 메아리쳐서 정말로 저세상의 소리처럼 들린다.

이 외침은 극락에 있는 사람을 만나러 왔음을 고하는 것으로, 나는 다른 유래가 머리에 떠올랐다. 옛날에 역시 사람들 사이에서 자연히 생긴 신앙이 있는데, 그것은 '삼도천의 모래밭'을 걸으며 밤을 새워 망자의 이름을 계속 부르면, 새벽에 그 사람을 만날 수 있다는 이야기이다. 이 신앙이 크게 유행하여 난리가 날 정도가 되자 본사本寺에서 금지했다고 한다. 예전에 호숫가에서 본오도리 가 열리던 시대도 있었다고 하는데, 이러한 옛날 신앙이 모습이 바뀌어 지금의 모습으로 남아 있는 것이 아닐까.

이와 같은 오소레산의 신앙은, 망자에 관한 생각이 극히 순수한 표현으로 나타난 것이라고 할 수 있다. 손수건도, 호수에 메아리치는 목소리도 실로 소박하게 망자를 그리워하는 생각의 표출이다. 그 자체는 불교의 교리도, 조동종의 가르침도 거의 관계없다.

그러나 오소레산은 지금, 조동종 엔쓰지圓通寺(무쓰시 소재)를 본사로 하는 불교 사원이다. 여기에 불교가 없어서는 아니된다. 그것은 그릇으로서 필요하다. 사람이 물을 마시려면 그릇이 필요하듯, 사람들이 망자에 대한 생각을 담는 데에 불교

본오도리(盆踊り): 음력 7월 15일 밤에 남녀가 모여 추는 윤무. 본래는 정령(精靈)을 맞이하여 위로하는 뜻으로 행한 행사이다.

라는 그릇이 필요하다. 사람들은 '지장보살님'이니까 머리를 조아리는 것이며, 호수 저쪽에 있을 터인 '극락'을 향해 외치는 것이다.

오소레산의 신앙은 분명 교리 체계를 갖춘 '종교'와는 다르다. 그러나 '종교'는 이 토양의 위에 있기 때문에 자라난다. 그것은 어떤 의미일까.

사람은 왜 어느 시대에도, 어느 나라에서도 망자를 생각하는가. 어차피 남인데, 이렇게 도처에 모든 시대에, 사람은 사후 세계를 생각하고 망자의 혼을 생각하는가.

나는 망자를 생각하는 마음의 근저에 결정적인 물음, 즉 '나는 어디에서 왔고 어디로 가는가'라는 질문이 있다고 생각한다. 그것이 있으므로 사람은 그저 망자를 생각하는 과정에서 자기 존재의 의미를 추구하여 '종교'로 향하는 것은 아닐까 생각한다.

그리고 인류 역사 속에서 종교가 있다는 것은, '세상'이나 일상적으로 사는 가운데 상식이라 생각되는 것은 모두 틀릴

지도 모른다는 발상, 즉 '제3의 시점'을 제시하는 가능성을 품고 있기 때문이 아닐까. 좀 더 말하자면, 종교란 현세적인 것에 죽음을 대치시킴으로써 근원적인 비판의 기능을 하는 것이 아닐까 생각한다.

종교란 일상생활이 모두 바르다고 하는 이야기를 최초부터 상대화하는 장치로서 인류가 만들어낸 것이 아닐까.

신앙은
이러한 효과를 초래하나

세상에 '진리'나 '정말'이라는 것은, 잘 들어보면 단지 앞뒤의 논리가 맞는다는 것에 불과한 경우가 있다. '거짓이 탄로나다'라고 말하지만, 오히려 '정말이 탄로 나 거짓이 되는' 것이 아닐까. 모두가 정말이라고 생각하고 있기 때문에 거짓일 가능성이 있다. 거짓으로 드러나기 전의 정말이 무엇인지 말하자면, 앞뒤 논리가 맞는다는 것뿐이다.

그러므로 이 세상에 사기꾼의 말이 통하는 것이다. 탄로 난 것이 거짓이다. 그때까지는 정말(이라고 모두 생각하는)이었고, 그 상태인 채로 (거짓으로) 탄로되지 않는다면, 정말인 채로 통용되었을 것이다. 탄로 난다는 것은, '정말(이라고 모두 생각한 것)'을 규정한 틀이나 조건이 없어지는 것에 불과하여, 그것을 '정말이 (거짓으로) 탄로 나다'라고 표현한다.

그렇다면 어떤 말이 정말인지 거짓인지는, 말 그 자체로는 판단할 수 없다. 그렇다면 말이 정말인지 거짓인지보다는, 그 말이 가진 '효과' 쪽이 더욱 중요한 게 아닐까. 그것이 그 사람에게 필요한 말인가, 혹은 해가 되는 말인가.

종교나 신앙을 말할 때도 중요한 것은 그 가르침의 '효과', 즉 남과의 관계를 풍요롭게 하는가, 그렇지 않으면 망가뜨리는가, 그것이 전부라고 생각한다.

바른 신앙을 바르게 믿는 사람의 특징은, 그 신앙을 갖지 않은 사람까지 "그 사람은 좋은 사람이다", "그 사람은 훌륭하다"라는 말을 하게 만든다는 점이다. 마더 테레사 수녀가 좋은 예다. 기독교와 전혀 관계없는 사람을 깊이 감동하게 한다.

'좋은 신앙심'은 최종적으로는 반드시 그 사람을 접하는 주위 사람을 감동하게 하고 행복하게 한다. 특히, 같은 신앙을 갖지 않은 사람에게 강한 인상을 준다.

그런 사람과 그 사람이 믿는 것을 나는 신용해도 좋다고 생각한다. 그런데 신앙이 있으면서도 그 사람의 인맥이 점점 사라진다든지 주위와의 관계가 빈약하게 된다면, 그것은 공감할 수 없을 것이다.

앞서 말한 무당의 말도 마찬가지다. 말을 들은 '효과'가 중요하다. 무당의 말을 듣고 그 사람이 편안한 마음으로 돌아간다면 굳이 부정할 필요는 없다.

혹은 '심령'의 실재를 믿는다고 하더라도, 그것이 당사자 삶에 어떻게 관련되는지, 자기 문제의 무엇을 해결하는지, 더욱 좋은 삶으로 이끄는지, 삶은 밝아지고 타인과의 관계는 더욱 풍요롭고 깊게 되는지, 중요한 것은 바로 이런 것이 아닐까.

그러므로 나는 무당의 말이 정말인지 거짓인지는 어느 쪽이든 상관없다. 말을 들은 사람이 만족한다면 그것으로 좋다. 그러나 그 결과, 아무리 생각해도 말을 들은 사람과 그 주위 사람을 이상하게 만드는 부분이 있다면, 그런 무당이 오소레 산에 오는 것은 사양하고 싶다.

영감상법은 신불과의 '거래'라고 생각하라

소위 '영감상법'˙도 상품을 산 사람 전원이 만족하였다면 영감상법은 아닐 것이다. 헌금이나 보시布施가 될 터이다. '상품'이 충실하지 못하므로, 그리고 그것을 이상하다고 말하는 사람이 있으므로, 영감상법이라 한다.

˙ 영감상법(靈感商法): 영적 능력을 가장하여 각종 방법으로 돈을 착취하는 악덕 상법의 하나.

이러한 상법에 자꾸 낚이는 사람 중에는 고독한 사람이 많지 않을까 생각하는 것은 나 혼자만이 아닐 것이다. 게다가 자신이 믿는 것이 공격을 받으면, 사람은 크게 화를 낸다. 자신이 한번 무언가 굳게 믿게 되면, 믿는 자신을 배반할 수 없게 된다. 그래서 점점 더 빠져들게 된다.

물론 이런 곤경에 빠진 사람의 약점을 이용하는 장사는 하는 쪽이 나쁜 게 당연하지만, 거듭 걸려든다면 어딘가 피해자 쪽도 잘못 생각하는 부분이 있기 때문에, 이 잘못된 생각이 고쳐지지 않는다면 몇 번이나 다시 걸리게 된다.

여기에서 최대 과제는 사기꾼이 신불*의 신앙을 이용한다는 것이 아니라, 그들이 사람을 유혹하는 틀은 신앙이 아니라 신앙으로 가장한 신불과의 '거래'라는 것이다(그러므로 '상법'이라 한다).

돈을 이만큼 내면, 더욱 교주에게 봉사하면, 그만큼 '좋은

신불(神佛) : 신과 부처. 또는 신도(神道)와 불교.

일'이 있다 ― 이런 말투는 거래 그 자체다. 그러므로 바라는 효용을 얻지 못한 피해자가 "좋은 일이 없다"라고 항의하면, 사기꾼은 "그건 당신의 신앙이 부족한 탓이다"라고 말하며 더욱 금품을 요구한다. 즉, 신앙이 돈으로 환산되어 효용과 물물 교환되는 것이다.

피해를 보기 쉬운 사람은 이 거래에 홀린 사람이다. 그러므로 신앙이 거래가 아닌 것을 깨닫지 못하는 한, 같은 잘못을 저지르기 쉽다.

신앙은 신불과의 거래가 아니다. 그것은 우선 우리 인간이 자신의 힘의 한계를 자각하는 것이다. 계산하며 신불을 마주하는 것이 아니다. 이해득실의 계산이 성립되지 않는 세계에 발을 들여놓는 것이다.

바꿔 말하자면, 진정한 신앙이란 '일체 보답을 받지 못해도 괜찮다'는 태도이다. 그렇다면 그것을 받아들이겠다고 각오한 사람만이 깊은 신앙을 가질 수 있을 것이다.

어느 날, 걸려온 전화에서 젊은 여성의 목소리가 들려왔다.

"요즘 나쁜 일이 계속 생겨요. 유산된 아기의 살이 껴서 그렇다고 하는데, 그런 게 있을까요?"

"살이 끼었다고 말한 사람은 누구죠?"라고 묻자 "친구가요"라고 대답한다.

"당신은 그걸 믿으시는가요?"

"그러니까, 저, 많이 아시는 스님에게 확실한 가르침을 받고 싶어서요."

"그럼 제가 살이 끼지 않았다고 말한다면 믿으시겠습니까?"

"그래도……그러니까, 저는 5만 엔짜리 불상도 샀고요, 아기 공양도 몇 번이나 했거든요……."

이 부분에서 그녀는 거의 반 울음 섞인 목소리다.

경험에서 말하자면 이러한 타입의 사람은 '살이 없다'고 말해도, 당장은 넘어갈 수 있지만 결코 진심으로 받아들이지 않는다. 또 '살'의 불안에 휩싸여 영감상법으로 철저한 사기를 당할 때까지 눈을 뜨지 못할 수도 있다. 왜냐하면 그녀에게는 아기가 재앙을 주는 것이 아니라, 지금 자신의 상황에서 생기는 불안이 재앙을 주고 있기 때문이다.

나는 그녀가 어떤 의미에서 고립되어 있지 않을까 생각하여 "남편은 뭐라고 하십니까?"라고 물어보니, 그녀는 "이혼했습니다"라고 대답했다.

나중에 말을 함부로 했다고 반성했지만, 나는 그때 "역시 그렇군요!"라는 말이 불쑥 튀어나왔다. 부부의 마음이 통하고 있으면 서로 위로해주어, 아기가 유산된 마음의 아픔을 함께 나누며 치유하려고 했을 것이다. 이런 사람들은 쉽사리 아기의 살이 꼈다고 말하지 않는다.

그렇지 않고 삶이 불안하거나 인간관계에서 고립된 사람은 자신의 역경과 그것에서 생기는 불안을 망자의 탓으로 돌린다. 그러나 이것은 망자에 대한 모독이 아닐까.

"괴로울 때의 하느님 찾기"라는 속담이 있지만, 최근 세상에서는 "괴로울 때의 영혼 찾기"라고나 할까. 괴로운 자신의 모습을 바로 바라보지 못하고, 그곳에서 눈을 돌려 싼값에 영혼을 '범인'으로 만드는 사람이 많은 듯하다.

그런 풍조를 선동하는 것이 예의 '심령 붐'이라고 한다면, '영혼'의 입장에서도 항의하고 싶을 것이다.

제3장

「진정한 나」는 어디에 있는가

얼마 전 항간에서 '나 찾기'라는 것이 유행했다. 좀 겸연쩍었는지 최근에는 별로 말이 나오지 않지만, 그래도 종종 내게도 '진정한 나를 알기 위해 좌선을 하고 싶다'는 사람이 찾아온다. 그러나 도겐 선사가 가르치는 좌선의 핵심은 '만사 휴식'*이다. 그렇다면 '나'를 계산에 넣는 태도로는 좌선이 되지 않으며, 애초에 '나'란 찾을 수 있는 것이 아니라는 것을 깨달아야 좌선이 비로소 시작된다.

'진정한 나'가 설령 있다고 해도, 그것을 보았다고 해도 그것이 '나'라고는 절대 알 수 없다. '진정한 나'를 찾는다는 것은 '가짜의 나'가 현재의 '나'라는 말인데, '가짜의 나' 주제에 어찌 '진정한 나'를 알 수 있겠는가.

* 만사 휴식(萬事休息): 집착이 없는 편안함에 이르는 것.

'나 찾기'로 고민하는 사람의 대다수는 자신의 이미지와 '진정한 나'는 일치해야 한다고 생각하는 듯하다. 그러나 나의 이미지와 나는 다른 것이 당연하며, 그 다름이야말로 나 자신의 존재 영역이 아닌가 생각한다.

'진정한 나'는 '주어진 나'에 대한 위화감이 낳은 환상이라 할 수 있다. 모순에 가득 차 있긴 하나, 진정한 나라고 이름 붙여 의미가 있는 것은 유일하게 이런 차이, 즉 자신에 대한 위화감이라고 생각한다. 그것이야말로 의지할 수도, 믿을 수도 없는 것이다.

불교에서는 삶이나 존재 일체를 '고苦'라고 부른다. 자신은 의지에 상관없이 그저 주어진 것으로, 고苦 그 자체이다. 그것을 군이 자기 안에서 찾는다는 것은 어떤 의미에서는 지극한 자학이다.

살아가는 괴로움을 그냥 놔두거나, 혹은 절충의 기법으로서 '찾는다'고 한다면 이해하겠으나, 그것을 최종적인 해결로 생각한다면 괴로움은 늘어날 뿐이다. '나는 무엇인가' 등의 실존과 관련된 물음에 관해서도 같은 말을 할 수 있다. 그것을 붙들고 씨름하려 하면 잘 안 된다. 자기 나름으로 응답의 방법을 연구하여 그냥 '놔두는' 것이 중요하다.

'진정한 나'를 말하는 사람의 이야기를 곰곰이 듣고 무엇이 문제인지 생각해보면, '지금의 나를 어떻게 하면 좋은가'를 가르쳐주는 무엇, 결정의 근거가 될 수 있는 그 무엇을 찾고 있는 듯하다.

지금은 스스로 무언가 해야 한다고 강조하는 사회이다. 또 최근의 풍조는 걸핏하면 '자기 책임'이나 '자기 결정' 등의 말이 따라붙는다. 하지만 결정이나 선택을 하려면 그 판단의 근거가 필요하다. 이것은 그리 간단히 찾을 수 있는 게 아니다. 그러므로 불안해진다. 즉, 자유롭게 자기 결정을 한다는 것이 오히려 실제로는 매우 무거운 짐이 되지 않았을까.

그러나 '자기'를 자신이 감당할 수 있다는 생각 자체가 큰 오해다. 나는 '자기 결정'이라든가 '자기 책임'이라는 말이 왠지 수상쩍다는 생각을 버릴 수가 없다.

자유라고 하면, 욕망이 향하는 대로 무엇이나 할 수 있다고 착각하는 경향이 있으나, 자유와 욕망은 비슷하긴 해도 다른 것이다.

자유는 브레이크를 밟을 수 있는 사람만이 가질 수 있다. 스스로 자유를 제한할 수 있는 사람, 해야 할 일이 무엇인지 아는 사람만이 진정한 자유를 가질 수 있다.

그것에 비해 마음대로 하는 것이 욕망이다. 그것은 사람을 움직이게는 할 수 있어도 사람을 자유롭게 할 수는 없다. 또 욕망은 무엇을 판단하는 근거가 결코 될 수 없다. 왜냐하면 욕망 자체는 자기 내부에 있는 것이 아니기 때문이다.

욕망은 단지 본능적 욕구를 말하는 것이 아니다. 예를 들면, 굶주림을 면하기 위해 먹는 것이 아니라, 맛있는 것을 먹고자 한다. 추위를 견디기 위해 입는 것이 아니라, 고급스러운 명품을 입고 싶다. 이러한 것은 누가 가르쳐주지 않으면 알지 못한다. 즉 무엇이 맛있는지, 무엇이 가치 있는 브랜드인지 누군가 가르쳐준다. 문화에 따라 '맛있는 것'의 기준이 다른 것은 그것을 여실히 보여준다.

'유행'이 전형적이다. 물건을 파는 쪽이나 유행을 만드는 쪽이 우리 소비자를 교묘하게 유도하여 욕망을 불러일으킨다.

욕망에 휘둘리는 상태는 괴롭다. 그러나 그 이상으로 괴로운 것은, 항상 무언가 결정하고 그 책임을 지는 것이다. 무언가를 결정할 때 '선택의 자유'가 있다는 것은, 가치판단을 하였으니 책임을 져야 한다는 것과 한 세트이다. 요리나 양복을 고르는 정도라면 몰라도, 인생 자체에 대한 자기 책임은 짐이 너무 무겁다고 생각하는 사람이 많지 않을까.

대개 자기 결정이나 자기 책임으로 끝날 수 있는 문제는 실제로는 대단한 문제가 아니라는 것이 나의 지론이다. 경험으로 말해도 단언할 수 있다. 세상에 자기 의지로 결정할 수 있는 것은 사소한 것밖에 없다고.

'일대사' * 는 원래 불교 용어인데, '인생의 일대사'로 불리는 것은 자기 결정이나 자기 책임의 범위 밖이다. 정말로 심각한 문제란 '그렇게 할 수밖에 없는' 상황을 말한다. 어느 압도적인 힘이 작용하여 그것에 강요되어 마지못해 결정하게 된다. 그것은 '자기 이외의 어떤 것'과의 관계에서 생긴다.

압도적인 힘의 대표가 '죽음'과 '자연', 그리고 '타자'이다. 예를 들면, 생활양식이나 사고방식을 뿌리째 바꿔놓는 시한부 삶의 선고, 돌연 급습한 대지진 등의 재해, 혹은 생각지도 않은 부모의 학대나 믿었던 친구의 배신. 그것은 엄연히 그곳에 존재하여 내 힘으로는 어떻게 할 수 없는 것으로, 선택의 여지가 없다.

이때, 어떻게 '자기 결정'을 하라고 말할 것인가. 자기 혼자 그것에 대처할 수가 있으며, 그렇게 해야만 한다는 말인가. 이런 국면에서 자기 결정과 자기 책임은 무의미하다. 일이 그것

* 일대사(一大事): 부처가 중생 구제를 위해 이 세상에 출현한다고 하는 중대사.

으로 해결된다면 그건 필시 사사로운 일에 불과하다.

누구나 '자기 결정'을

하고 싶지는 않다

그렇다고 해도 일본에서 지금처럼 '자기 결정'이나 '자기 책임'이 노골적으로 드러난 때는 과거에 없었던 것 같다. 자기 결정 따위 솔직히 아무도 하고 싶지 않다. 과거에는 권력에 순종하며 나아가는 것이 가장 편했다. 하지만 독재자가 쥐고 흔드는 사회는 매우 위험하다. 더 나은 사회는 역시 민주주의일 것이다.

'자기 결정'이 어려운 것은, 명확한 결정 근거를 가진 사람만이 할 수 있다는 점이다. 이것을 일본인들은 좀체 이해하지 못한다.

서양인은 '신에게 부여받은 평등한 이성'이, 지금은 명분에 불과하지만, 근거로서 규정되어 있다. 근대적 자아의 근거는 기독교의 하느님에 있다. 데카르트의 "나는 생각한다, 고로 나는 존재한다"의 '나'를 보장해주는 것도, 또 자유롭고 평등한 개인의 존재를 보장해주는 것도 하느님이다.

미국인은 청문회 같은 곳에 나오면 선서를 하고 진술을 시작한다. 대통령이 성서에 손을 얹고 선언하는 장면을 본 적이 있을 것이다. 그들에게 자기와 타자를 평가하는 제3자의 시점은 분명 하느님이다. 사회적 합의로 자기 결정의 근거는 하느님이며, 하느님에 대해서 책임을 진다.

시장경제에서 '자유경쟁'이 성립되는 것은, 해야 할 일이 무엇인지 아는 사람들이 경쟁하기 때문이다. 자유라고 해도 경쟁이므로 규칙이나 규제가 있다. 하느님이 배분한 이성이 배경에 있는 사회이기 때문에 자유경쟁이 성립되는 게 아닐까.

서양에는 기부 문화가 있다. 즉 큰 부자가 되면, 사회봉사 등의 단체에 기부하는 사람이 많다. NGO(비정부기구, 시민단체)도 많다. 그것은 하느님의 정의에 비추어 현저한 부의 불평등은 허용되지 않는 악이라고 생각하므로, 이만큼 벌었으면 환원하자는 발상이다.

한편, 일본은 오랫동안 '세상을 둥글게' 살아왔다. 화和를 중요시한 사회다. 상호부조는 '세상' 수준으로 행해졌다.

그러한 '세상'에 자기 결정의 근거를 두고 있을 때, 만약 그 현실성이 없어져서 더는 의지할 수 없게 되면, 그 근거가 사라져버린다. 자신들을 지켜온 '세상'이 무너져버리면, 욕망이 노골적으로 드러날 뿐이다. 그런 상태에서 자기 결정, 자기 책임을 요구해도 무엇을 책임져야 하는지 잘 모르겠다는 것이 일본의 현상이 아닐까.

무언가 기댈 수 있는 결정 근거를 찾고 싶다는 모두의 생각이, 최근 전통 불교의 부분적 재평가, 또는 신흥종교, 심령주의, 혹은 내셔널리즘, 이데올로기 등의 흐름으로 연결되는 것은 아닐까. 어쨌든 모든 사람은 결정의 근거를 찾고자 한다.

라이브 도어＊의 호리에 전 사장이 "사람의 마음은 돈으로 살 수 있다"라고 말해 화제가 된 적이 있다. 그는 도쿄 대학 종교학 전공이었다고 하는데, 이 발언은 일종의 이데올로기, 즉 '돈은 정의다'라는 말의 그 나름의 표현일 것이다. 머리가 좋은 사람이니 이런 말은 보통 직접적으로 말하지 않는다.

그는 돈만을 바라는 사람은 아닐 것이다. 실제로 적당하게 맛있는 것을 먹고 적당한 부자 동네에 살면 그것으로 충분할 것이다. 평소 티셔츠를 입고 다니는 사람이므로 수십억 엔도 필요 없을 것이다. 그런데도 왜 범죄까지 저질러 돈을 끌어모았을까. 자본주의 사회에서는 돈이 정의이고, 절대 바른 것이

＊ 라이브 도어 : 일본의 IT회사로 급성장했으나 2006년 주가조작 및 분식회계가 드러나 사회에 큰 물의를 일으켰다. NHN(네이버)에 인수되어 한국의 카카오톡과 비슷한 'LINE'을 운영하고 있다.

라고 말하고 싶었던 것이 아닐까. 이것은 이데올로기이다. 이데올로기란 자신을 근거 짓는 아이디어, 이념, 생각을 말한다.

최근의 내셔널리즘의 경향을 보고 있으면, 세계화된 시장 경제의 거친 물결을 맞아 고생하는 사람들이 그러한 사상이나 말에 이끌리고 있다는 느낌이다. 특히 젊은 사람에게 그런 경향이 있는 듯하다. 글로벌리즘이란 전 세계의 사람과 경쟁한다는 것이다. 그런 가운데, 보통 능력을 가진 사람이 보통으로 싸운다면 해외의 저렴한 노동력을 이길 수 없다.

시장이 지배하는 사회 속에서 인정받지 못한다면, 다른 곳에서 자신의 근거가 될 무언가를 추구하는 것은 자연스러운 일이다. 내셔널리즘이 달콤한 유혹이 되기 쉬운 것은 노력이 필요 없기 때문이다. 일본인이라는 것은 '태어나면서 가진 아이덴티티(정체성)'다.

이것은 강렬한 흡인력이 있다. 즉, 나라를 찬양하는 것은 그곳에서 태어난 자신을 찬양하는 것과 같다. 그러므로 모두 빨려 들어간다.

그러나 이 세상에 태어난 것 자체에 근거가 없으므로, 일본인으로 태어난 것도 본래 근거 따위는 없다. 심한 말일 수도 있다. 불교의 엄격함은, 애초에 인간의 존재는 결함이 있다는 대전제가 있는 것이다. 설령 아무리 유명하게 되어도, 아무리 대활약을 해도 인간은 그 자체로 이미 부족한 부분이 있는 어리석은 존재라고 단언한다. 나는 불교가 설파하는 이 현실에, 모든 내셔널리즘과 이데올로기보다도 훨씬 짙은 현실감을 느낀다.

예전에 '애국자'를 자임하는 젊은이와 대화하는 중에 "나라의 무엇을 사랑하는가?" 하고 물어보니, 당황한 표정으로 말을 더듬으며 "……문화라든가, 전통이라든가……"라고 말했다. 그래서 다시 "어떤 문화와 전통인가?"라고 묻자 아무런 대답을 하지 못했다.

'사랑'의 감정은 사람이건 물건이건 구체적인 것에만 정상적으로 작용한다. '국가'건 '문화'건 '전통'이건 추상적인 개념에 대한 사랑은, 요컨대 자기 생각을 사랑한다는 것이므로 결국은 내셔널리즘과 같다. 자기의 용모를 사랑하건 생각을 사랑하건 그것은 자기애와 다르지 않다.

내 경험으로는, '애국자'를 자임하는 사람 중에서 일본의 구체적인 전통문화에 깊은 조예를 가진 사람은 극히 적다. 오히려 거의 모르는 '애국자' 쪽이 많은 것 같은데 그것은 나의 편견일까.

'사랑한다'고 말한다면, "우키요에˙를 사랑한다"든가 "화도˙˙를 사랑한다"든가 "유도를 사랑한다", "미야자키 하야오 감독의 애니메이션을 사랑한다"라는 식으로 말하는 게 자연스러울 것인데, 그렇다면 '사랑한다'고 거창하게 말하지 않아도 "우키요에를 좋아하고 화도를 좋아하고 유도, 미야자키의 애니메이션을 좋아한다"로 충분하지 않을까.

˙ 우키요에(浮世絵): 뜬세상, 즉 속세 서민의 다양한 삶과 사람을 주로 그린 일본의 전통 회화.
˙˙ 화도(華道): 꽃꽂이 등, 꽃과 식물을 위주로 다양한 재료를 조합·구성하여 감상하는 일본의 전통 예술.

나아가 좋고 싫음의 이전에, 예를 들면 당연한 생활 습관으로 지내고 있는 오봉お盆(추석) 같은 '전통'은 이 또한 '사랑'까지도 아니며 사랑할 것까지도 없으므로, 이것이야말로 확실한 '전통'이라고 생각된다.

인간성은 돈의 씀씀이로 드러난다

최근에 자주 생각하는 것은, 돈을 얼마나 버는지를 보고 그 사람의 능력과 운을 가늠할 수 있지만, 인간성을 보려면 돈의 씀씀이를 봐야 한다는 것이다. 흔한 말로, 교양도 돈의 씀씀이로 나타나지 않는가 생각한다.

말할 것도 없이 중요한 것은 능력이나 운보다 인간성이다. 돈을 버는 것은 나쁘지 않다. 그러나 큰돈을 벌었다고 반드시 존경받는 것은 아니다.

세상에는 《수백만 엔을 벌려면 어떻게 하면 좋은가?》, 《성공하는 100가지 법칙》 등의 자기계발서가 넘친다. 그러나 거기에서 말하는 '성공'의 정의는 무엇인가. 번 돈을 어떻게 쓸 것인지 구체적으로 생각하는 사람이 얼마나 있을까. 돈의 액수만 생각하고 그것을 어떻게 쓸지 생각하지 않는다면, 그건 이상한 이야기가 아닐까.

실제로 정말로 원하는 물건은 무엇인가. 예를 들어 수백억 엔의 돈이 있을 때 어떻게 쓸 것인지 주위에 물어보면, 아무도 즉답하지 못한다. 기껏 생각한다는 것이 외국에 집을 사겠다든가, 우주여행을 하겠다든가, 이도 저도 아니면 결국 저금하겠다든가.

이만치 상상력이 빈곤하게 작동한다는 것은, 그만큼 많은 돈은 인간에게 필요하지 않다는 말이다. 어디에 쓸지 생각나지 않는 돈 따위는 그렇게 필요하지 않다.

'나'와 마찬가지로, '돈'이라는 것도 실체가 없는데도 있다고 믿기 쉽다. 종잇조각에 불과한 것에 절대적인 가치가 있다는 것은 단순한 믿음에 불과하다.

돈은 물건과의 교환으로 성립되는 것이다. 그렇다면 쓸 데가 있어야 비로소 가치가 생긴다. '나'도 '돈'도 그 이외의 것과의 관계성을 가짐으로써 성립된다.

내게 소중한 것은 무엇인가

"내가 하고 싶은 일이 뭔지 알 수 없다" 혹은 "나답게 살고 싶다"라고 말하는 사람이 있다. 그러나 애초에 그렇게 말하는 본인도 '나'를 모르니 '답게'도 당연히 모른다.

내가 하고 싶은 일이란 무엇인가. 나다운 삶이란 무엇인가. 그것을 생각하는 과정이 전혀 무의미하다고 할 수는 없다. 그러나 대답은 나오지 않는다. 그러한 물음으로 쳇바퀴 돌아도 한 발도 앞으로 나아가지 못한 채 궁지에 빠질 뿐이다.

그렇다면 한 번쯤 발상을 바꿔보면 어떨까. 우선 '진정한 나' 같은 건 아무래도 상관없다고 생각하는 것. '나를 몰라도 당연하다'고 결정해버리면 마음 편하게 살 수 있다. 그것보다 도대체 나는 무엇을 위해 살고 싶은지, 누가 가장 중요한 사람인지를 생각한다.

즉 '물음'을 바꾼다. '나는 무엇인가' 같은 것은 생각하지 말고, '내게 소중한 것은 무엇인가', '내게 소중한 사람은 누구인가'를 생각한다. 내가 가장 소중하게 생각하는 것을 소중히 하고, 그리고 소중한 사람을 배반하지 않고 살아가면 자연히 길은 열린다.

그렇게 사람과 사귀고 경험을 쌓아가면 자연스레 자신의 윤곽이 만들어진다. 오히려 타인과의 관계를 생각하거나 타자와의 인연을 소중히 하는 가운데 자연스럽게 보이는 것이 있다. 실은 이것이 나에게 맞는 것 같다거나, 이것이 나는 가장 즐겁다 같은 실감의 축적이다.

그것이 쌓임에 따라 비로소 나의 상像, 즉 자기 이미지를 단순한 관념이 아닌 실감으로 얻을 수 있게 되지 않을까.

나는 학생 때나 회사원 때, 집단이나 단체 생활은 견딜 수 없는 성격의 사람이라고 생각했다. 나 개인의 삶이 없으면 살아갈 수 없다고 생각했고, 계속 그 생각에서 벗어나지 못했다. 그런데 수행을 위해 선도량禪道場에 들어서니, 나를 기다리고 있던 것은 프라이버시 전혀 없이 숙식을 포함하여 무엇이든 함께하는 완전한 단체생활이었다.

그런데 수행은 매우 엄격했다. 그런 엄격함 속에서 나를 생각할 여유는 전혀 없었다. 지시받은 그대로 필사적으로 따라 하는 가운데, 어느 날 문득 돌아보니 나는 단체생활에 완전히 익숙해져 있었다. 결국, 20년 가까이나 그 도량에 있었다.

그렇게 되자, 최초의 나의 이미지는 도대체 무엇이었던가 생각했다. 내게 소중한 것은 불교의 가르침에 삶을 바치는 것이었지, 프라이버시 따위는 실은 아무래도 상관없는 것이었다.

나는 고민하는 청년들에게 뭐든지 괜찮으니 우선 해보라고 권한다. '나다운' 삶 같은 어려운 문제는 생각하지 않는다. 취직할 때 중요한 것은, 무엇을 하면 내가 남에게 도움이 될 수 있을지 생각하는 것이다. 나에게 맞는 직업이라든가 '나다운' 일을…… 등을 말하고만 있으면, 아무것도 시작되지 않는다. 게다가 취미라면 몰라도 직업이나 일은 그런 것이 아니다. 대개 아무 일도 하지 않는 가운데에서는, 나에게 맞는지 안 맞는지도 없는 것이다.

분명 세상에는 자신이 좋아하는 일이 그대로 직업이 된 매우 행복한 사람이 있다. 하지만 이것은 세상에 열 명 중 한 사람 있으면 많은 편이 아닐까. 게다가 그 사람들은 좋아하는 일에 종사한다고 그것으로 만세인가 하면 그렇지도 않다. 좋아하는 만큼, 현실에는 괴로운 일도 많다.

한편, 싫다고 생각했던 업무를 열심히 하였더니 주위의 높은 평가를 받아 자신이 깨닫지 못했던 자신만의 '개성'을 깨닫게 된 사람도 있다. 대다수 사람이 반드시 자신이 좋아하는 것을 일로 할 수 없다고 한다면, 일에서 첫 번째로 생각해야 하는 것은 '도대체 나는 무엇을 하면 남에게 도움이 될 것인가' 이다. 그렇게 생각하는 편이 결과적으로 자신에게 맞는 일에 도달하게 되지 않을까.

몇 년 전의 일이다. 중학생을 상대로 강연해달라는 부탁을 받았다. 그래서 이런 이야기를 해주었다.

"여러분 중에서 자신이 원하는 사람이 될 수 있는 사람은 한 명이나 두 명 정도일 것입니다. 나머지는 그렇게 되지 못합니다. 그것이 어른이 되어 살아간다는 것입니다."

보통의 어른은 "여러분은 앞으로 큰 꿈을 향해……"라고 말할지 모른다. 그러나 나는 중학생쯤 되면 현실을 말해도 좋다고 생각했다. 나의 사춘기를 되돌아보아도, 나에 대한 의심이 시작되었을 때 꿈이나 큰 뜻을 말하는 어른의 이야기를 항상 썰렁한 기분으로 들었으니까.

현실에서는, 꿈이 작아지는 것이 어른이 된다는 것이다. 어른은 하나하나 불가능을 알게 된다. 꿈의 상실을 감당한다는 것이 성인이 된다는 것이다. 그런 현실을 전하고자 생각했다. 듣고 있던 어른은 모두 쓴웃음을 지으며 곤혹스러워했다. 당사자인 중학생들도 깜짝 놀랐으리라 생각한다. 실제로 학생들은 마지막에는 입을 크게 벌리고 들었다.

적어도 이 사람은 현실적인 이야기를 한다는 것을 느꼈을 것이다. 옛날에는 어린이의 꿈이라고 하면 우주 비행사나 야구 선수……, 그중에서 현실로 꿈을 이루는 사람은 몇 퍼센트나 될까. 중학생쯤 되면 꿈에 도달하는 사람은 극히 소수에 불과하다는 것을 잘 안다.

지금의 초등학생 중에는 장래에 회사원이나 공무원이 되고 싶다고 말하는 아이도 있는 듯하다. 어른은 '꿈이 없다'고 생각할지 모른다. 확실히 꿈은 없다. 그러나 "꿈이 없다"라고 한탄하는 어른 쪽은 어떤가? 대개 큰 뜻을 품은 어른이야말로 세상을 망치지 않았나 하는 생각도 든다. 나는 "장래에 회사원이 되고 싶다"라고 말하는 초등학생의 이야기를 들었을 때, '아아, 사람은 역시 현실을 안다'고 생각했다. 결코 비관할 것은 아니라고 생각한다.

자신이 가치 있다고
생각지 않는 게 좋다

최근 특히 젊은이들을 보면, 일종의 도착적인 나르시시즘을 가진 사람이 많지 않은가 생각한다. 즉, 나라는 존재는 존재하는 것만으로도 의미가 있다고 확신하는 듯하다. '자아실현'이라든가 '개성'이라는 말이 그들을 착각하게 했는지도 모르겠다.

그러한 착각에 빠졌을 때, 일이든 뭐든 자신이 좋아하는 일을 못 하게 되면, 인생은 무가치하다고 생각하게 된다. 그러나 자신이 좋아하는 일을 한다는 것은 보통 '취미'라고 하는 것으로, 일이라고는 하지 않는다. 좋아하는 것이 일이 되면 행복하지만, 그것이 일의 근본적 의의는 아닐 것이다. 앞에서 말한 것처럼, 일이라는 것은 남에게 도움이 되는 것이다. 능력을 팔아 식비를 버는 이상, 우선은 '어떻게 하면 나는 도움이 될 수 있을까'라고 생각하는 것이 당연하다.

그런데 처음부터 나에게는 무언가 특별한 존재 가치가 있다고 믿으면, 그 존재 가치에 걸맞은 일이어야 한다고 생각하게 된다. 그래서 취직에 한두 번 실패하거나 하면, 갑자기 노동 의욕을 잃어버리기도 한다.

요즘은 청년들이 회사를 쉽사리 그만두는 일이 빈번하다고 한다. 열악한 노동 상황 때문이라면, 그것은 문제로 삼아야 할 것이다. 그러나 나는 "보람을 느끼지 못하니까 그만둔다"라는 경우에는, 한번 멈춰 서서 생각해볼 것을 권한다. 단, 그때 부모나 주위 사람이 "일은 하다 보면 점점 재미있어질 거야"라고 설득하는 것에 의미가 있다고는 생각하지 않는다.

그것보다 내가 말하고 싶은 것은 "자신이 그렇게 가치 있는 사람이라고 생각하지 않는 편이 좋다"라는 것이다. 아무리 우수한 사람일지라도 그 사원 한 사람이 그만둔다고 해도 회사는 아무렇지도 않다. 상당한 노력을 해야만 이 세상에 자신이 있을 자리가 만들어진다. 그것을 자각하는 것이 우선이다.

예를 들어 자식이 "나는 아빠처럼 되지 않겠어"라는 말을 했다면, 이렇게 대답해주면 좋지 않을까. "아, 그래? 잘 알겠다. 그러나 너도 나중에 알게 되겠지만 아빠처럼 되는 것도 어려운 일이야. 아빠는 열심히 노력해서 간신히 이 정도다. 아빠처럼 되지 않겠다는 것은 그것으로 괜찮아. 그러나 여간해서는 아빠처럼 되지 못한다"라고.

자신이 태어날 때부터 가치 있다는 등의 생각은 하지 않는 게 좋다. 앞으로 자신의 가치를 만들어가겠다고 생각하는 게 좋다. 이 세상에 '태어나버렸지만' 이것을 받아들이자고 각오하는 것이다.

사람은 '태어나버린' 존재다. 그것을 어느 시점에서 받아들이고자 각오할 때, 가치가 생긴다. 삶 자체에 의미가 있다는 환상은 버리는 게 좋다. 의미나 가치가 없다고는 하지 않는다. 그러나 있다고도 할 수 없다. 그것보다 중요한 것은, 사실을 받아들이는 것이다. 가치가 없으면 만들면 된다. 그것을 위해 어떻게 살 것인가, 더 잘 살 것인가, 그것을 생각하는 편이 좋다.

영원히 답이 보이지 않는 '나 찾기'

'나 찾기'를 하는 사람 중에는 순진한 사람이 많으므로, 그런 사람이 어떤 가치나 관념을 만나 강한 영향을 받으면, 이번에는 그것에 휘둘리게 되는 수가 있다. 절대적인 무엇을 구하려고 할 때 빠지기 쉬운 패턴이다. 절대적인 무엇이란, 예를 들면 종교가 제시하는 이념일 수도 있으며 어떤 사람에게는 돈일 수도 있다.

그러나 그것들이 결과적으로 그 사람을 풍요롭게 하는지는 별도의 문제다. 세상에는 다양한 사상과 종교가 있다. '자기계발'이라 칭하는 세미나도 다양하게 있다. 그것들은 분명 어떤 사람의 삶에 이익과 안심, 충실감을 가져다주기는 할 것이다. 결과적으로 그 사람의 인생이 풍요롭게 되거나 편해진다면 부정할 이유도 없다.

그때 소중한 것은 그 사람을 둘러싼 '인연'이 풍요롭게 되는지의 여부다. 역으로 인간관계가 빈약해져서 다른 가치나 관념을 가진 사람과의 관계를 차단하게 된다면, 무언가 이상하다고 깨달아야 한다. 그것은 자신이 선택했다고 생각한 가치에 역으로 지배당한 것이다. '절대적인 무엇'을 추구하거나, 자기 안에 '절대적 근거'가 있다는 생각은 버리는 것이 좋다.

또한 '나 찾기'를 위해 외국에 유학을 가거나 세계를 방랑하는 사람이 있으나, 그것은 단지 그때까지 거짓이라고 생각한 나(실제는 '진짜'도 '거짓'도 없으나)를 구속하는 장소에서 이탈하고자 하는 것이다. 그때까지 자신의 마음이 불편한 장소에서 우선 이탈하고 싶은 것이다.

해외를 둘러보기 위해, 세계를 보기 위해 간다면 이해하겠지만, '새로운 나'를 찾으러 굳이 생소한 땅에 가는 것이라면 목적이 틀렸다.

이탈한 곳에 '새로운 나'가 있을 리가 없고, 뛰쳐나간 곳에도 역시 똑같은 나밖에 없다. 당나귀가 경주마가 되어 돌아오는 것은 아니다. 경주마는 경주마인 채로, 당나귀는 당나귀인 채로 돌아온다. 있을 수 없는 변신을 꿈꾸는 것보다, 왜 자신이 당나귀인지 생각하는 게 낫다. 혹은 당나귀는 무엇에 도움이 되는가. 무엇에 도움이 되니까 당나귀라고 하는가. 그리고 당나귀에게도 소중한 것은 무엇인가.

그러는 가운데 자신은 당나귀가 아니었다는 결과가 나올지도 모른다. 그런데 지금 현재, 당나귀인 자신이 싫다고 해도 당나귀가 아닌 무엇이 될 수는 없다. 애초에 당나귀인지 아닌지는 자신이 결정하는 것이 아니다. 그것은 타자와의 관계 속에서 정해진다.

지금까지 말한 것처럼, 내가 무엇인지 결정하는 것은 나 자신이 아니다. 우리는 타인에게서 '태어나버린' 것으로 시작되어, 언어에 의한 사고, 직립 보행, 감정, 욕망에 이르기까지 주위 사람의 가르침을 통해 '사람'이 된다. 즉, '나'는 '타자'를 근거로 하여 타자와의 관계로 성립되는 존재이다.

나는 처음부터 타인에 의해 만들어진 것, 사회가 규정한 것이다. 거기에 무조건 휩쓸리면 역할을 억지로 맡게 되므로, 항상 갈등이 생기기 마련이다. 그러한 현실에 위화감이 들어 어딘가에 '진정한 나'가 있을 것 같은 생각이 든다. 그러나 그런 것은 어디를 찾아봐도 없다.

우리는 애초에 '나'로서 태어난 게 아니다. 타인이 만든 '나'로 돌연 세상에 던져진 것이므로 위화감이 드는 것이 당연하다. 사춘기에 느끼는 어쩔 수 없는 위화감이다.

그때 문제가 되는 것은, 이렇게 주어진 '나'를 어떻게 새롭게 받아들일 것인가, 그리고 어떻게 새로 만들 것인가라는 것이다. 주어진 나를 새롭게 받아들이는 것은 어른이 된다는 것이다. 그것은 어느 의미에서 나를 새로 만든다는 것이다.

사회가 부여하는 '나'의 의상은 계속 바뀌고 있다. '아이답게', '중학생답게', '대학생답게', '사회인답게'라는 것처럼. 언제까지나 나는 계속 부여되고 있으므로, 어딘가 다른 곳에 '진정한 나'가 있다는 착각에 빠져버린다. 그러나 그것은 부여된 나에 대한 위화감이 낳은 환상이다.

제1장에서 말했듯이, 개성이라는 것도 태어날 때 자연히 붙어 나오는 것이다. 개성적인 사람이 되겠다고 생각해서 그렇게 되는 것이 아니다. '개성을 키우는 교육'은 환상으로, 무언가 시키는 중에 자연히 드러난 것을 소중히 키우기만 하면 된다. 아, 이 아이는 음악에는 전혀 흥미를 갖지 않고 실력도 늘지 않으며 이런 것을 주면 싫어한다, 혹은 이 아이는 그림 외에는 흥미를 보이지 않지만 종이와 물감을 주면 좋아한다

는 등. 그것을 발견하여 부여하기만 하면 되는 것으로, 개성이라고 말할 정도는 아니다.

그 아이는 무엇을 잘하고 무엇으로 평가받고 싶어 하는지 알면 된다는 말로, 개성 따위는 아무래도 상관없다.

나는 무엇을 좋아하고 무엇을 하면 남에게 도움이 될 것인가? 이것이 결과적으로 개성이 되는 것이다.

제4장

「지금, 여기」에 사는 의미란

제2장에서도 말했듯이, 불교에서는 윤회에서의 해탈을 말하고 있다. 종파에 따라 해석이 다양하나, 석가는 전생이나 내생에 관해서는 있다고도 없다고도 말하지 않고, '무기'*의 태도로 일관하였다. 그것은 말로서는 전할 도리가 없다, 즉 전하려고 하면 치명적으로 틀릴 수 있다고 생각한 것이 아니었을까 나는 해석한다.

다른 한편으로, 석가는 틀림없이 공유할 수 있을 만큼만 전했다. 그것은 석가 자신의 문제가 근본적인 문제라고 자부한 것이라고 생각한다. 그 문제란 간단히 말하면 생·로·병·사. 누구나 태어나고 늙고 병에 걸리고 죽으니, 그 모두 괴로움을 준다는 말이다.

· 무기(無記) : 석가가 대답을 말하지 않음. 불교에서 기(記)는 결정의 의미가 있어 '무기'는 무엇이라고 결정하지 못함을 의미한다.

예전에 텔레비전 프로그램에 출연했을 때 말한 적이 있는데, 스스로 목숨을 끊는 사람은 결코 '죽고 싶어' 자살한 것이 아니라 '살고 싶지 않아' 자살한다고 생각한다. 즉, 삶에 불만이 있고 삶이 싫어진 것뿐이지 죽고 싶은 것은 아니다. 오히려 진실은 '더 잘 살고 싶다'이다. 따라서 더 좋은 삶이 있다고 생각되면 죽지는 않으리라 생각한다.

실제로 과중한 빚에 괴로워하는 사람은 빚이 없어지면 살 힘이 날 것이다. 병으로 고생하는 사람은 병이 나으면 살 힘이 생긴다. 그리고 고독한 사람은 주위의 이해를 얻으면 살 수 있다. 살아서 이해를 받는다고 생각하면 삶을 선택할 것이다.

모두, 삶이 힘들고 괴로우므로 이젠 살고 싶지 않다고 생각한다. 더욱 좋은 삶이 없다고 생각하므로 이 세상에서는 틀렸다고 절망한다.

그러나 내가 불교에서 배운 것은, 사람은 살아 있으면 즐겁고 기쁘고 좋은 일보다는 괴롭고 안타깝고 슬픈 일이 더 많다는 것이다. 그렇게 생각하는 것이 우선의 대전제가 된다.

나도 삶이 훨씬 괴로웠다. 그것은 지금도 이어지고 있다. 그러나 나는 '출가'함으로써 어쨌든 삶에 모든 것을 걸었다. 어쨌든 불교에서는 '불살생'이 계율의 맨 처음에 나온다. 내가 출가한 큰 의미 중 하나는, 자살하지 않겠다는 각오였던 것이다.

사람은 자살을
선택할 수도 있다

"왜 자살하면 안 되는가?"라는 질문을 받은 적이 있다. 나는 공식적인 자리에서는 "자살해서는 안 된다"라고 말한다. 왜냐하면 나는 승려이며 불교의 계율에 그렇게 정해져 있기 때문이다. 왜 자살하면 안 되는지 이치로 설명할 수 없으므로 불교에서는 계율로 정해놓았다. "석가가 결정했으니까" 혹은 "신이 정했으니까"로, 근거는 그것뿐. 그것에 따를지 말지는 각자의 선택에 달려 있다.

그러나 "자살은 나쁜 것인가?"라는 질문을 받으면, 반드시 그렇다고는 생각지 않는다. 실제로 인간에게는 선택지로서 그것이 있다. 자살의 선택지도 갖고 태어났다.

물론 자살이 좋다고는 생각지 않는다. 그러나 나쁘다고도 생각지 않는다. 즉, 자살 자체에 선악은 없다. 자살할 수도 있다. 인간에게는 그런 능력이 있다. 그건 움직일 수 없는 사실이다. 가치판단은 사실과는 다른 것이다. 자살할 능력이 있는 인간이 자살을 선택할 것인지, 삶을 선택할 것인지가 문제이다.

단, 나는 자살하고 싶을 정도로 괴로운 사람이 자살하지 않으면, '훌륭하다'고 생각한다. 그리고 그래 주었으면 한다. 죽는 것도 가능하며 사는 것도 가능한 인간이 사는 쪽을 택한, 그런 사람에게 진심으로 공감한다. 사는 것을 참 잘 선택해주었다고.

자살하는 사람이 나쁘다고도 자살이 악이라고도 생각지 않으나, '그럼에도 불구하고' 사는 쪽을 택하는 사람에게 공감한다. '훌륭하다'고 생각한다. 그것뿐이다.

즉 '가치'란 선택일 뿐이다. 어떤 선택지에 걸 것인가라는 근거 없는 결단에서 가치가 생긴다. 사는 편이 좋다는 것은 하나의 믿음에 불과할지 모르지만, 그 믿음에 걸 것인가 말 것인가의 선택일 뿐이다.

자살하려는 사람에게는 각자 이유가 있다. 죽어서는 안 되는 '이유'를 여러 가지 생각하고 사는 편이 좋은 '이유'도 전부 생각해서, 그래도 자살하고 싶다고 말한다면, 그들에게 무슨 이치를 말해도 통하지 않는다. 이쪽으로서는 자살하지 않았으면 좋겠다, 과감히 사는 것을 선택하기 바란다고 말할 수밖에 없다. 그것을 계기로 자살할 생각을 접을지는 알 수 없다. 그러나 내 경험으로서는, 살아라, 어쨌든 살아가라고 계속 말하며 대화가 이루어지는 동안에는 자살하지 않는다.

자살을 생각하는 사람 대부분은 주위로부터 소외당했다고 생각할 때, 이미 아무도 신경 써주지 않는다고 생각할 때, 삶에 절망한다고 생각한다. 그러므로 나 같은 스님이라도 상대하여 어떤 가느다란 연결이 생기면, 가늘지만 소중한 연결일 터인데, 그것이 있는 동안에는 살아 있다. 그리고 대개는 이야기하는 동안, 자신도 모르게 자살은 그만두겠다고 생각하게 된다.

의존증은
'나'로부터의 도피

이 세상이 살기 어려운 것은, 근본에 '나를 만드는 것'이 괴롭다는 현실이 있기 때문이리라. 나를 만드는 것이란 '나'라는 주체를 만든다는 것이다. 그래서 나를 만들고 유지하는 것은 힘든 일이다.

주체적인 나를 만드는 기본적인 문법은 인과관계이다. 미래의 목표를 정하고, 과거를 반성하고, 지금 무엇을 할지 결정한다. 이런 행위 양식을 떠맡는 것을 '주체성'이라고 부르는데, 이것은 인과관계가 있어야 성립된다. 또 그것을 거듭하는 가운데 '시간'이라는 구조가 생긴다고 생각하나, 이것은 매우 귀찮고 괴로우며 힘든 일이다. 근대라는 것은 특히 그러한 '주체적인 나'로서 사는 것이 강제되다시피 한 시대인 것이다.

세상에서 인간이 끝없이 빠져버리는 것 중에 도박이 있다. 이것은 일종의 중독이다. 왜 빠지는가 하면, '주체적인 나'를 일순간에 해제해버릴 수 있기 때문이 아닐까 생각한다. '순간적인 자기 해제'라는 쾌락이 얻어진다.

도박은 모든 시간이 '미래'에 있다. 그러므로 '현재'의 나의 주체는 필요 없으며, 자기 결정도 자기 책임도 필요 없다. 판단한다고 해도 그것은 '이미 실패의 가능성을 포함한' 이야기이다. 어쨌든 주사위의 면면에 운명을 맡길 정도이니, 성공을 믿고 건다는 것과는 다르다. 그러한 결정에는 책임이 수반되지 않는다. 이 상태는 쾌감이며 무엇보다 마음이 편하다.

그러므로 도박의 흥분이 생기는 순간은 짝수냐 홀수냐를 외친 후 결과가 나오기까지의 불과 몇 분간. 혹은 게이트가 열리고 말들이 일제히 달려나가 결승점에 들어올 때까지의 시간. 여기에 맹렬한 쾌감, 짜릿한 쾌락이 있다. 결과가 나오면 모두 다 시들해져서 다음의 쾌락을 찾아 더욱 빠져든다.

알코올 의존증 등, 의존증이라고 불리는 것은 모두 같은 구조가 아닐까. 주체적인 나를 지탱하는 고통이 한계에 도달했을 때, 자신을 모두 내던지고 싶다. 나를 지탱하기 위해 의존하는 것이 아니라, 나를 지탱할 수 없으니 의존할 수밖에 없다. 그러므로 그것은 필사의 방위 반응일 수도 있다. 자살하지 않는 대신에 필사적으로 의존한다.

요는, 왜 그렇게 도박을 하고 싶어지는가 생각해봐야 한다는 것이다. 도박 의존증인 사람을 보면, 돈이 있건 없건 내기를 한다. 즉 단지 돈이 필요하다면, 잃을 가능성이 포함된 도박에 의존하지 않을 것이다.

왜 그렇게 나라는 것이 무거운 짐이 되었는가. 그 사실을 우선 이해한 후에 나를 재건해야 다시 설 수 있다. '나'로부터 도피할 수는 없다. 선택의 여지는 없으므로 '그렇게 할 수밖에 없다'는 것을 알게 되면, 비로소 나를 받아들일 각오가 서는 것이다.

의존증에 걸린 사람 혹은 자해 행위˙를 하는 사람도 그러하나, 그 사람의 곤란한 상태를 말로 표현하여 무엇이 그에게 가장 큰 문제인지 본인에게 보여줄 필요가 있다.

실제로 자살까지 생각하는 사람의 이야기를 잘 들어주기만 해도 상대의 기분이 풀려버리는 경우가 흔히 있다. 그것은 30분 정도의 시간으로는 부족하다. 적어도 2, 3시간은 필요하다.

처음에는 매우 심각한 상태이므로 말을 꺼낼 틈도 없을 정도이지만, 공감할 수 있는 부분도 있으므로 "네, 네" 하고 듣는 중에 "아아, 오늘 말해버리니 속이 시원하네요. 들어줘서 고맙습니다"라며 아무것도 해결되지 않았는데도 그냥 돌아간다.

˙ 자해 행위 : 원문은 리스트컷(wrist cut)으로, 손목을 긋는 등의 자해 행위이다. 리스트컷 증후군은 정신질환의 하나이며, 리스트 커터는 그런 행위를 하는 사람을 뜻한다.

그것은 말을 하는 동안, 자신이 처한 상황이나 진짜 문제가 무엇인지 보였기 때문이다.

자신의 문제를 정확하게 설정할 수 없는 사람은 자신의 무엇이 잘못된 상태에 있는지 생각은 하지만, 도대체 무엇이 문제가 되는지는 보이지 않는다. 그것이 가장 안타깝고 괴로운 것이다.

나는 '물음'과 '문제'를 구별하여 생각한다. '물음'이란 접근 방법이 없는 정체불명의 '알 수 없음'이다. 그것에 비해 '문제'는 어떤 '물음'이 말에 의해 명확하게 되고, 접근할 수 있는 상태로 된 것을 가리킨다.

"뭔지 잘 모르겠지만 괴롭다"라는 물음을 적어도 자신의 말로 설정할 수 있는 과제로까지 재구성하는 것, 즉 구체적인 문제로 언어화하는 것이 중요하다. 모르는 것은 모르는 채로 끝날 수도 있다. 그래도 "문제가 뭔지 모르겠다"라는 것보다는, 문제를 분명히 밝힌 후에 그것을 '모르는 것'으로 받아들이는 쪽이 수긍하기 쉽다. 문제에 대답을 내는 것보다도, 물음을 문제로까지 구성할 수 있는지가 중요하다.

사람은 대답을 내는 것을 제일로 추구하기 쉽지만, 대답을 서둘면 문제는 허술하게 구성된다. 오히려 대답은 없다고 생각하는 게 좋다. 쉽사리 대답을 욕구하므로 간단히 문제를 구성해버린다. 예를 들어 어떤 사건이 일어났을 때, 텔레비전에서 나오는 해설자의 발언이 실로 전형적인 예라고 생각한다.

그것은 해설자의 잘못이 아니다. 나도 텔레비전에 나가 봐서 실감한 것인데, 텔레비전은 조건반사적으로 말을 잘하는 사람이 활동하는 세상이다. 그런 미디어라고 생각하고 봐야 한다. 근본은 비즈니스이다. 막연한 불안을 가진 사람을 안심시킨다는 니즈에 대해 임기응변으로 단순한 대답을 해주는 '상품'을 제공해야 한다. 그런 면도 있다. 감정을 표층화(가시화)하고 논리를 평판화(단순화)한다는 의미에서는, 텔레비전이 하는 역할이 크다고 생각한다.

그러나 세상에 인간의 실존을 근저에서 흔드는 '물음'은 그리 흔하지 않다. 그러므로 상상력을 작동시키면 대략의 윤곽은 잡을 수 있다.

종교인의 가장 큰 존재 이유는, 그 '물음'의 분류에 있다고 할 수 있다. 바로 그런 점에서 종교가 가능한 역할이 있다고 생각한다. 즉, 의사의 가장 큰 역할이 병을 진단하는 것이라면, 종교인의 역할은 '물음'을 '문제'로 재구성하는 것에 있다. 그만큼의 일만 해도 70, 80퍼센트는 달성했다고 할 수 있다.

인생에 '정답'은 없다

물음을 문제로 재구성하고 언어화할 때 항상 어려운 것은 인간은 좀체 자신의 문제를 직면하지 못한다는 것이다.

"문제를 직면하라"라고 말하면, 직면할 여유가 있음에도 직면하지 않는 것처럼 들리지만, 선택의 여지가 있는 것은 아니다. 이미 직면할 힘이 없다는 것이다. 직면하기 어렵다고나 할까. 그러니 '살기 어렵다'는 것이다.

자신이 품고 있는 진짜 문제는 아무래도 숨기고 싶어 한다. 속이기도 한다. 왕따를 당한 아이가 왕따 당하는 사실을 부모에게 말하지 않는 것과 비슷할 수 있다. 직면하는 것이 괴롭다.

앞에서 절에 와서 울었던 남자의 이야기를 했는데, 문제가 구조조정을 당했다는 것이라면 이야기는 매우 간단하다. 그러나 그의 가장 큰 문제는 그 사실을 가족에게 말하지 못한다는 것이다. 말할 수 없다는 것에는 무언가의 이유도 있다.

그 남자는 자신의 문제를 직면하면 모든 것을 잃어버리게 된다고 생각하지 않았을까. 나아가 그 또한 이 세상에 바른 상태나 바른 대답이 있다고 굳게 믿고 있는 것 같다.

그러나 그것은 오해다. 내 생각에는, 바른 것이란 지금 당장의 말에 불과할 뿐, 어느 일정한 조건에서 성립되는 '바름'에 불과하다. 무조건 바른 것이란 세상에 없으며, 인생에 정답 같은 것은 없다.

누구도 인생의 프로는 아니다. 우리 모두는 잘 알지 못해서 어떻게든 짐작하며 살아갈 뿐이다. 세상의 상식, '당연한 것'

등은 일종의 이야기로, 식품처럼 유효기간이 있다. 정말로 '당연'한 것인지 수시로 맛보아야 한다.

예를 들면, 도박으로 막대한 빚을 지게 된 사람은 분명 바람직하지 않을 수 있다. 주위에 폐를 끼칠 수도 있다. 그러나 그렇다고 해서 그 사람의 삶은 전부 실패이고 그는 구제할 수 없는 인간인가 하면, 그렇지는 않다. 그에 비해 단 한 번의 투자가 크게 대박을 터뜨려 그 후로는 마냥 놀러만 다니는 인간이 '바른' 사람이라고 할 수 있을까.

문제는 '도박으로 빚을 졌다'는 점이 아니다. 왜 빚을 질 정도로 도박을 했느냐는 점이다.

빚이 생겼다고 하자. 이것을 갚는 것은 당연하다. 그러나 그것은 자살까지 해야 할 문제일까. 정말로 그런가. 일순간이라도 의심해보았을 때, 발상이 바뀔 가능성이 있지 않을까. 무엇이 문제라서 갚지 못하는가. 자기 파산이라는 수단도 있다. 혹은 조금씩 갚아가는데도 금액이 줄지 않는다면, 변호사와 상담해보는 것은 어떤가. 채무는 반드시 갚아야 한다는 '상식'에

얽매이게 되면 다른 발상이 떠오르지 않게 되어 자폐自閉의 상태가 되어버린다.

자기 결정이나 자기 책임이란 위험한 것으로, 그것을 할 수 있다고 해서 반드시 훌륭한 것은 아니다. 그것이 규범이 되어야 하는 태도라고 굳게 믿는다면, 남에게 상담하는 것이 꺼림칙한, 좋지 않은 일이 되는데, 과연 그럴까.

자기 결정이라는 것은 하나의 사는 방법에 불과하다. 지금은 특히 그것을 강조하는 시대이지만, 그것이 절대적으로 바르다고는 할 수 없다. 그것을 하지 않아도 불편 없이 만사를 해결할 수 있다면, 그렇게 하지 않아도 되지 않을까.

상식을 의심하는
'제3의 시점'을 가져라

살다 보면 많은 일이 생긴다. 그때에는 세상의 상식, 혹은 삶에 '정답'이 있다는 믿음에서 자신을 해방하는 것이 좋다고 생각한다.

'상식을 의심하는' 것은 실제로 하려고 하면 매우 어렵다. 사람은 욕심이 있으면, 그 욕심에서 벗어나 사물을 바라보는 것이 어렵기 때문이다. 그러나 '상식을 의심하는' 시점을 가지면, 세계나 자기의 모습을 전혀 다른 시점에서 볼 수 있다. 역으로 '세상은 이래야 한다'고 믿으면, 그렇게 생각한 자기에 집착해버리게 된다.

세상이 바르다는 말, 자신이 바르다는 생각, 어쩌면 모두 틀린 게 아닐까. 여기에서 한 번 더 사물을 바라보는 것이다.

극단적인 예이지만, 사람을 죽여서는 안 된다는 것은 무조건 바른가. 그렇다면 왜 전쟁을 하는가. 왜 사형제도가 있는가.

결코 살인자를 긍정하지는 않는다. 그것이 잘못이라는 것은 '당연한' 말이다. 그래도 그것을 한 번은 의심해본다. 그러면 죽여서는 안 된다는 세상의 '약속'을 막연히 따르고 있을 뿐인 자기가 보일 수도 있지 않을까. 자기가 매우 괴롭게 생각하는 것도, 실은 별로 근거도 확실치 않은 '상식'에 휘둘린 탓이라고 깨달을 수도 있다.

나는 10살 때 어떤 계기로 갑자기 '이 세상은 어쩌면 약속만으로 만들어진 게 아닐까'라는 생각이 들어, 그 후 순간적으로 세상이 달리 보이게 되었다. 지금까지도 잊을 수 없는 이미지이다.

부모가 돌봐주는 것은 그런 약속이 있기 때문이 아닐까. 선생님이 선생님으로 있을 수 있는 것은 우리 학생이 얌전히 자리에 앉아 있기 때문이 아닐까. 그렇다고 해서 세상에 약속이 필요 없는가 하면, 그것이 필요하다는 것은 10살 어린이로서도 알 수 있었다.

그래도 이 세상에는 실은 확실한 것이 없고 모두 약속으로 성립되어 있을 뿐인지도 모른다고 생각하며 따르는 것과 그것을 깨닫지 못하는 것은, 보이는 세계가 전혀 다르다.

그렇게 중학생이 되고 '제행무상諸行無常'이라는 말을 만났다.《헤이케 모노가타리》의 유명한 첫 문장 "기원정사　의

종소리, 제행무상의 울림이니……"라는 그것이다. 국어 교과서를 받고 무심히 들춰 보다가 '제행무상'이라는 단어가 눈에 들어왔다. 보통은 아무 생각도 들지 않는, 그저 교과서에 실려 있을 뿐인 말이다.

그러나 내게는 충격적인 만남이었다. '아, 이것이 나의 감정을 설명하는 단어'라고 직감했다. 서둘러 집으로 돌아와 사전을 들춰 봤을 때의 심정은 지금도 잊히지 않는다. 그때 처음으로 불교의 존재를 알게 되었다.

막연하게 품고 있던 '확실한 것은 아무것도 없다'는 이미지에 처음으로 개념을 부여해준, 그리고 제3의 시점을 부여해준 것이 '제행무상'이라는 단어였다.

헤이케 모노가타리(平家物語): 13세기 초, 작자 미상. 무사로 정권을 잡은 헤이케 일족의 시작과 몰락을 그린 작품. '제행무상'이라는 불교 사상이 근저에 깔려 있다.

기원정사(祇園精舍): 인도에 있던 절. 석가와 제자들이 설법하고 수도할 수 있도록 수다타라는 자산가가 세웠다고 한다.

상식을 의심함과 동시에, 또 하나 우리가 배워야 할 것은 단념하는 것이다. 절대로 알 수 없는 것은 알 수 없는 것으로 그쳐야 한다고 생각한다. 사람이 알 수 없는 것을 아는 것처럼 말하는 순간, 그 말이 혼자 걸어가 '진리'나 '실재'로 고정되어 버릴 수도 있다. 왜냐하면 언어란 구체적으로 사물을 존재시키고 주위에 영향을 끼치는 힘 그 자체이기 때문이다.

참고로, 원시 불교의 경전에는 말을 소중히 하라는 내용이 자주 나온다. 욕을 해서는 안 된다든가, 세 번 생각한 후에 말하라 등등. 그것은 아마 말의 힘을 자각하였기 때문이라고 생각한다. 분별없는 욕설이나 불평이라는 것도 말로 내뱉은 순간, 자신도 생각지 않은 힘을 타인에게 미치는 경우가 있다.

'단념하다諦める'라는 말이 있다. 이것은 원래 '아키라메루明らめる'라 쓰고, '분명히 보다', '밝히다'는 것을 의미했다. 분명히 보니까 단념할 수 있는 것이다.

꿈이나 목표를 가지는 것은 좋은 것이라고 모두 생각한다. 그것은 그것으로 괜찮지만, 이것들은 현재를 '저당 잡히는' 것과 같다. 시간을 미래에 맡긴다는 것이다. 그것을 향해 계속 노력하는 것은 지금 살아가는 자신과 자신의 현재를 공허하게 만들 수도 있지 않을까. 지금의 자기 '삶'의 밀도를 희석해 버리는 것은 아닐까. 적어도 미래에 대한 과도한 치우침이 지금 현재의 공허함을 방치하는 구실이 되거나, 혹은 현재의 공허함을 초래하거나 하지 않을까. 이것을 의심하는 시각이 필요하지 않을까.

꿈이나 목표는 골(결승점)이 아니라 도로 표지의 하나에 불과하다. 길을 헤매지 않도록 표지는 잘 활용해야 한다. 하지만 그것을 골로 착각하여 단지 그것만을 보고 달리는 것은 바른 운전이 아니다.

그러므로 목표를 추구하는 것은 소중하나, 어느 시점에서 '단념하는' 것도 알아야 한다. 그것은 절망과는 다르다. 우리는 꿈이나 목표를 위해 사는 것이 아니다. 그것들을 추구하는 것이 무의미하다는 뜻은 결코 아니다. 그것이 지금의 자신에게 풍요로운 삶을 초래하는지가 문제인 것이다.

자칫하면 목표에 집착한 나머지, 자신의 삶이나 주위와의 관계를 저해할 수도 있다. 꿈을 위해서라면 현재가 아무리 빈곤해도 좋다는 것에도 한계가 있다.

예를 들면, 꿈을 향해 살고 있는 남자는 멋지다고 말할 것이다. 그것을 가족이 전면적으로 응원하고, 그 꿈을 추구함으로써 부부 사이가 좋아지거나 가족의 유대가 깊어진다면 계속 추구해도 좋다. 그러나 부인이 집을 나가고, 자식은 불만스러워하고, 주위를 불행하게 만들면서도 본인은 꿈의 성취를 계속 추구한다면 그건 어리석다. 단순한 자기만족에 불과하다.

본인이 그것으로 좋다고 인정하고, 그리고 꿈의 추구만이 삶의 보람이라면, 그것도 삶의 한 방식이다. 다른 것, 예를 들어 주위와의 관계를 명확히 단념할 수 있다면 괜찮을 수도 있다. 실제로 어떤 하나의 예술을 추구한 결과, 모든 것을 잃었다고 하는 예는 세상에 많다. 특출한 능력이 있어 그것을 추구한 결과, 다른 모든 것을 잃을 수 있다.

그러나 그것을 끝까지 해낼 수 있는 사람은 자신의 능력을 상대화하는 힘을 가진 사람뿐이다. 역으로 말하자면, 꼭 얻고자 하는 것을 위해 무언가 희생한 경험이 있는 사람은 자기를 상대화할 수 있다고 생각한다. 무엇을 위해 그것을 한다는 점이 명확하기 때문이다.

그러나 많은 경우, 특히 주위의 칭찬을 받거나 하면 자기를 상대화하는 것이 불가능해진다. 남의 존경을 받고 칭찬을 받는 것만을 받침대로 삼아 꿈을 추구한다는 것은 일종의 강박관념이다. 남의 칭찬을 계속 받지 못해 유지되지 못하는 경우, 자폐에 빠져버리므로 이미 상대화가 가능할 리 없다.

꿈의 지속적 추구가 그렇게 훌륭한가. 나는 정상 바로 눈앞에서 걸음을 되돌릴 수 있는 등산가가 훌륭하다고 생각한다. 지금 자신의 힘과 목표와의 거리를 가늠하여 목표를 추구하는 것이 과연 자신의 '삶'에 얼마큼 의미가 있는지 그것을 확정할 수 있는 사람이기 때문이다.

절망하였으므로

희망에 집착한다

2006년 말, 도쿄에서 치과의사 일가의 딸이 같은 집에 사
는 둘째 오빠에게 토막 살인을 당한 충격적인 사건 이 있었
다. 가해자는 여동생으로부터 "꿈이 없다"라는 말을 듣고 범행
을 저질렀다고 매스컴은 보도하였다.

삼수생이었던 그는, 치과의사인 아버지와 치대 학생인 형
아래에서 고립되었을 것이다. 여동생은 배우 지망생이었다고
하는데, 그녀 자신도 가족과 사회 속에서 떠 있었던 듯하다.
자신 안에 강한 불안, 자신이 있을 곳이 없다는 느낌이 있었다

· 부모 모두 치과의사이고, 장남은 치대 6학년, 차남은 삼수생, 딸은 전문대생이
  었다.

고 생각한다.

일부 보도에 나온 것처럼 그가 여동생에게 성적 환상까지 품었는지는 모르겠지만, 자신들의 처지가 약한 것이 둘 다 비슷했을 것이다. 그래서 둘은 서로 상처를 주었다. 여동생은 오빠에게 말로, 오빠는 여동생에게 폭력으로. 그에게 여동생의 말은 살인에 필적하는, 정신이 칼에 찔린 정도의 일격이 아니었을까. 그래서 폭력에 이르렀을 것이다.

두 사람 모두, 목표로 하는 사람이 되고 싶어도 되지 못한다는 것을 알고 있었다고 생각한다. 부모의 기대를 받고 있다고는 하지만, 삼수를 하고 있으면, 적어도 '절대 괜찮다'는 확신은 갖지 못했을 것이다. 여동생도 자신이 배우가 될 수 있을지 확신은 없었을 것이다. 그러나 인정하고 싶지 않으므로 표면적으로는 감춘다. 꿈이 있다고 하며 자신을 속일 수밖에 없었던 것이다.

세상에는 안타까운 사람이 많다. "꿈은" 하고 말한 순간에 실은 이미 절망에 빠진 사람을 지금까지 많이 봤다. 절망을 품으면서 희망을 가진다. 좀 더 말하면, 절망하였으므로 꿈이나 희망에 집착한다. 그리고 인생을 공허하게 만들어버린다.

내가 생각하는 희망은, 막연하게 '미래'를 꿈꾸는 것이 아니라, 간단히 말해 누군가에게 아직 버림받지 않았다는 느낌이라고 생각한다. 누군가 알아주는 사람이 어딘가에 있다는 생각이 핵심적인 의미라고 생각한다.

한신 대진재 때, 멀리서 다양한 지원 물자를 보내주었다. 텔레비전 인터뷰에서 어떤 사람은 전국에서 많은 사람이 물건을 보내주고 격려의 메시지를 보내주고 염려해주어 기쁘다고 말했다. 이것이 희망이라는 것이다. '버림받지 않았다'는 느낌이다.

앞에서 '상식을 의심한다'고 말했다. 자신이라는 존재도 또한 결코 당연한 것이 아니다. 의존증에 관한 글에서도 말했으나, 그것은 실로 매우 무거운 짐이라고 생각할 수 있다.

나라는 존재는 자기 결정을 하지 않고 세상에 나왔으므로, 그 시점에 이미 자유는 무거운 짐이다. 나의 의지로 태어났다고 하면, 자유를 짊어질 각오도 할 수 있었을 것이다.

그러나 애초에 주어진, 내던져진, 일방적으로 이름 붙여진 인생을 시작한다. 근본적으로 부자유로 태어난 인간이 부여받은 자유다. 대단한 것을 떠맡게 된 것은 아니다.

그래도 나일 수밖에 없다. 나라는 형태 이외에 사람은 살 도리가 없다. 즉, 그렇게 하지 않을 수밖에 없다는 각오를 할 수 있는지가 중요하다. 각오하지 않으면 의존증에 걸릴 수도 있다.

사람이 그 나름으로 자신의 인생을 이해하고 살아가기 위해서는, 어느 시점에 삶의 각오를 할 필요가 있다고 생각한다. 자신인 것을 각오한다, 결단과 함께 받아들인다는 태도가 필요하다. 인간이 어떤 결정에 '주체성'을 가질 수 있는 것은 바로 이것뿐이다.

앞서 말한 바와 같이, 나에게 출가라는 행위는 '자살을 단념한다'는 것을 의미했다. 인생은 괴롭다고 석가는 말한다. 이런 인생이긴 하지만, 더욱 나은 삶의 수단으로서 출가한 것이 나의 주체적인 '삶의 선택'이며 각오였다.

보통은 출가까지 할 필요는 없을 것이나, 사람은 누구라도 어느 지점에서 '나는 살아갈 것이다'라고 결심해야 한다고 생각한다. 자신에게 각오를 부여하면 실제로 삶이 편해진다.

이것은 괴로운 결단이지만 매우 중요하다고 생각한다. 왜냐하면 이 결단이 삶의 의미를 만들기 때문이다. 부언하자면, 삶의 의미라든가 삶의 가치는 '자살하지 않겠다고 결심하는 것', '살겠다고 각오하는 것'부터 시작된다.

어쨌든 살 수밖에 없는, 자신일 수밖에 없는 것을 받아들인 시점에, 나의 삶에 최초의, 나아가 근원적인 가치를 부여한다. 그것은 믿을 만한 가치다. 그리고 그런 인간에게 공감하는 사람이 반드시 주위에 있다. 적어도 나는 크게 공감한다. '훌륭하다'고 생각한다.

가치는 '있는' 것이 아니라 '만드는' 것이라는 말이 바로 그것이다. 삶이 귀중한 것이 아니라, 삶을 받아들이는 것이 귀중하다.

한번 각오를 하면, 각오한 이상 나아갈 수밖에 없다. 삶을 극적으로 바꿀 필요까지는 없다. 삶이 정말로 바뀌는 것은 '그렇게 할 수밖에 없는' 때뿐이다.

업은 받아들여야

비로소 일이 된다

불교에 '업業(카르마Karma)'이라는 말이 있다. 원래는 '행위'의 의미인데, 시대가 바뀌어, 현재의 인간을 결정하는 (과거나 전생의) 운명적인 힘 등의 의미로 말해지는 경우가 많아졌다.

내 나름대로 해석하자면, 업의 핵심적인 의미는 내가 왜 이러한 나인지 알지 못한다는 것이다. 그럼에도 불구하고, 지금 이처럼 존재한다. 그렇게 정한 것은 무엇인가. 말하자면, 업이란 '삶의 조건으로 짊어지게 된 것'이다. 사람은 자기의 책임이 아님에도 짊어져야 하는 것이 많다. 그러나 설령 아무리 무겁고 결정적이라 해도 그것이 조건인 이상, 조건에 대해 어떠한 태도를 취할지는 사람에게 마지막으로 남겨진 자유이다.

받아들이지 않는다면 업은 성립되지 않는다. '알지 못한다'는 것은 안타까운 일이다. 그래도 받아들일 수밖에 없다고 결심한다. 어떤 곤경에 처해도, 그렇게 할 수밖에 없는 곳까지 몰렸다고 해도, 막바지에서 그렇게 할지 말지는 그 사람이 선택한다.

그것을 내 삶의 조건으로 받아들이는가, 받아들이지 않는가. 스스로 받아들이지 않는다면, 그 조건에 지배당해 떠내려갈 수밖에 없다. 즉 '운명이라고 생각하고 포기하는' 것이다.

업은 운명이 아니다. 이미 다른 선택의 여지가 없는, 그렇게 할 수밖에 없는 상황이라고 해도, 오히려 '그렇게 할 수밖에 없는' 것으로 각오하고 받아들인다. 그 후에 어떠한 태도를 취할지 결단한다. 이것이야말로 본인에게 마지막으로 남은 자유이다.

업이라는 개념은 그것을 향해 태도를 결정하고자 하는 인간에게만 존재한다. 받아들이는 주체가 없는 한, 절대로 성립되지 않는다.

운명은 그렇지 않다. 사람의 모습을 억지로 결정해버리는 것을 나는 '운명'이라고 정의한다. 그리고 그렇게 정해져도 상관없다는 태도를 '운명론'이라 부른다. 이 정의에 따르면, 운명은 주체를 허용하지 않는다. 업과의 결정적인 차이는 바로 여기에 있다.

제5장

부모와 자식의 깊고도 괴로운 인연

부모와 자식처럼 어려운 관계는 없다고 나는 항상 생각한다. 이것은 싱거울지도 모르지만 단순한 이치로 말하는 편이 확실히 전달되리라 생각한다.

만약 자유로운 선택에 책임을 질 의무가 있다고 하는 근대 사회의 원칙을 인정한다면, 이런 말이 된다. 우선, 자식은 존재로서 완전한 약자이며 선택의 여지도 없이 일방적으로 부모의 의지로 태어난다. 그러므로 약자이기는 하지만, 자신의 존재에 전혀 책임질 필요는 없다.

그것은 즉 어떠한 자식이건 자식인 이상 부모의 보호를 받을 '권리'가 있지만, 탄생에 관해 일체 책임이 없으니 부모를 보호할 '의무'는 없다는 말이 된다.

이에 비해 부모는 자식에 대해 절대적 강자로, 자식의 인간으로서의 존재는 부모가 만든 것과 같다. 자식의 탄생에 관해서는 일방적인 책임이 있다. 책임이 있으니까 어떠한 자식이건 자식인 이상 부모에게 양육의 '의무'가 있는 것은 당연하다.

이런 원리적인 관계는 시간이 지나면 바뀐다. 자식은 점차 강자가 되고, 부모는 점차 약자가 된다. 그런데 책임 문제는 바뀌지 않는다. 그렇다면 자립할 때까지 키운 자식이 일방적으로 부모를 버린다고 해도, 이치로는 아무런 책임을 물을 수 없다.

그래서 부모·자식의 관계 유지와 자식의 부모 보호는 이치가 아니라 '인정'과 '이해利害'의 문제에 관련된다. 즉, 이치로는 책임을 둘러싼 '권리'와 '희생'이 생기고, 나아가 현실적으로는 '인정'과 '이해'의 조정이 필요하게 되므로, 이것은 아무리 봐도 정치적인 문제다.

이것을 '정情'만의 문제로 본인들이 해결하려고 하면 이야기가 더욱 꼬인다. 심각한 문제일수록 정으로는 해결되지 않는다. 부모·자식의 문제가 본격적으로 상처받고 틀어지는 것은 정을 넘어선 문제에서이다. 역으로 말해, 정으로 해결될 문제라면 그리 대단한 문제는 아니다.

부모·자식 관계에 한하지 않고, 모든 인간관계는 '정치적'인 문제라고 생각할 수 있다. 타산도 있고 거래도 있다. 정치적인 문제이므로 '인정'으로 해결하기에는 한계가 있다. '이해'를 조정하는 제3자가 필요하다. 그런데 특히 부모·자식 관계의 경우는 부모·자식의 '정'으로 해결된다고 생각하기 쉽다.

부모·자식 관계가 불행하게도 틀어졌을 때, 이 관계의 극히 깊은 정치성을 무시하고 단지 정서적인 인정의 문제로 간주하고 처리하려고 한다면, 막다른 길에 봉착해버리는 경우가 많지 않을까.

심각한 문제일수록
'정'으로는 해결되지 않는다

내 친구 중 만년에 출가하여 작은 절의 주지를 맡아 아내와 함께 사는 사람이 있다. 그는 어쩌다 알게 된 어느 명문고 교사의 부탁으로 문제 학생들을 절에서 잠시 맡게 되었다고 한다.

그 지방에서는 명문 고교인데, 맡게 된 학생 중에 성적은 우수하지만 유난히 비행을 저질러 학교로서도 애를 먹는 여학생이 있었다. 아버지는 대기업의 간부이고 어머니는 의사라 경제적으로는 윤택한 가정환경이었다.

그 여학생이 절에서 일주일 동안 생활하게 되었다. 선종 사찰이었으므로, 새벽에 기상하여 세수한 후 먼저 스님과 함께 좌선하고, 아침 일과를 한다. 그리고 청소를 하고 아침밥을 먹고 학교에 간다. 돌아오면 학교 공부를 하고 사경寫經(경전을 베껴 씀)을 하고, 다시 좌선을 하고 밤 10시에 잔다. 이러한 생활을 준수하도록 처음에 설명하였다고 한다.

이틀째의 아침, 주지 스님의 부인이 아침상을 내자, 그녀는 앉은 채로 그것을 빤히 바라보았다. 주지 가족이 늘 먹는 보통의 아침밥이었다. 잠시 후 갑자기 울음을 터뜨리기에, 왜 그런지 물으니, 이런 아침밥은 먹은 적이 없었다고 한다. 즉, 부모는 아침부터 바빠서 늘 혼자 알아서 차려 먹고 나갔다. 아침에 따스한 밥상을 받은 적이 없었다고 한다.

이틀째나 사흘째쯤부터는 부인의 옷자락을 붙잡고 졸졸 따라다녔다. 이것은 보통 유아가 하는 행동이다.

그리고 규칙적인 생활을 일주일 동안 계속한 결과, 어떻게 되었을까. 그녀는 절에 오기 전에는 기상 시간도 정확하지 않아 거의 밤낮이 바뀐 불규칙한 생활을 보냈다. 그것이 극적인 변화를 보였다. 사경도 처음에는 글씨본의 글자를 덧쓰는 것조차 제대로 하지 못하였으나, 날을 거듭함에 따라 나아졌다. 마지막에는 훌륭한 글자를 쓸 수 있게 되었고, 그에 따라 그녀 자신도 매우 안정되어갔다.

일주일 후, 주지 부부는 부모를 오게 하여 일주일치의 사경을 나란히 비교하여 보여주었다. 그리고 딸과 대면시켰다. 그런데 여학생은 부모를 만나자마자 곧바로 울음을 터뜨리면서 부모에게 대들었다.

그녀는 자신이 부당한 대우를 받았다는 것을 호소하고 싶었을 것이다. 어렴풋이 생각은 했지만, 자신이 지금까지 부당한 대우를 받았다고 비로소 깨달았던 것이다.

그런데 부모는 처음에는 "원하는 대로 다 해주며 키웠는데도……"라고 거듭 말할 뿐이었다. 부모는 당연히 딸을 사랑했을 것이다. 외동딸이기도 하여 적어도 부당한 대우를 했다고는 전혀 생각하지 않았을 것이다.

나는 이야기를 듣고 부모의 애정은 의심할 수 없는 사실이라고 생각했다. 그러나 그렇다고 해서 애정 운운으로는 해결되지 않는 문제였다. 즉, 딸은 당연한 권리가 침해되었다고 생각했다. 또 한편으로는, 애정의 유무는 별도로 하고, 해야 할 무언가가 결핍되어 있었나. 그것은 그녀가 아버지, 어머니를 사랑하는지와는 관계없다. 그것을 부모는 깨닫지 못했다.

이 경우에는 중립의 제3자가 사이에 개입하여 문제가 어디에 있는지 명백하게 보여준 것이 부모와 자식 모두에게 깨달음을 주게 되었다. 말하자면, '정치적 조정'이 성립된 예라고 할 수 있다.

　어떤 사정으로 나는 소위 '불량소녀'를 맡은 적이 있다. 처음 그녀를 만난 것은 그녀가 13살 때였는데, 행동도 불량하고 성적도 나빴기 때문에 그녀의 어머니도 난감해했다. 그래서 2박 3일로 그녀와 언니가 후쿠이현의 절에 오게 되었다.

　그녀와 잠시 말을 나눠 알게 된 것은, 사물을 생각할 수 있는 머리 좋은 아이라는 것. 그런데도 전혀 공부를 하지 않고 부모 속을 썩이는 행동만 한다는 것은 분명 부모에게 무언가 항의하고 있다고 생각했다.

　그녀는 부모가 이혼하여, 사랑했던 아버지가 어느 날 돌연 눈앞에서 사라졌다고 한다. 그녀는 왜 아버지가 떠났는지 알 수 없어 그것이 가장 괴로웠다. 어머니도 사랑하지만, 그 어머니가 사랑하는 아버지에 대해 욕된 말을 하는 것이 괴로웠다.

　어머니로서는 딸에게 푸념함으로써 괴로운 심정에서 도피

하였던 것이리라. 그래도 그때 딸의 심정은 어떻게 되겠는가. 자신은 아버지와 어머니가 있어 태어났는데도, 그리고 둘 다 사랑하는데도, 한쪽은 떠나가고, 한쪽은 욕된 말을 하고 있으면, '도대체 나는 뭐지'라는 상황이 된다. 공부가 되지 않는 것은 당연하고, 부모를 기쁘게 하고 싶지 않다고 생각해도 할 수 없다.

이것은 시간이 걸리겠다고 생각했다. 그래서 어머니에게 이 상태는 부모에게 큰 책임이 있어, 당분간 못된 행동을 계속할 테니 각오하기 바란다고 말했다. 어쨌든 자살하지 않으면 되고, 남에게 해를 끼치는 상해 사건 같은 것만 저지르지 않는다면 좋겠다고 말했다. 좋은 고교라든가 좋은 결혼, 좋은 취직 같은 이야기는 일절 하지 않는 것이 좋다. 그 대신, 염려하지 않아도 된다. 언젠가 깨닫게 될 것이라고 말했다.

그녀에게 장래 무엇이 되고 싶은가 물으니 간호사라고 했다. 나는 "그것참 훌륭하구나" 하고 크게 칭찬했다. 반드시 될 수 있으니 힘내라고 거듭 말했더니, 그녀는 결국 몇 년 후 간호학교에 들어갔다. 지금은 20대 중반인데 얼마 전에 간호학교를 무사히 졸업했다는 연락이 왔다.

그런데 그녀는 또 다른 문제를 품고 있었다. 간호사인데도 환자가 죽으면 심하게 마음이 동요되었다. 열심히 간호한 사람이 돌연 사라지면, 가족보다 더 심하게 반응하였다.

아마 그녀는 약한 처지에 있는 환자에게서 과거의 자신, 상처를 입었던 어린 자신을 보았을 것이리라. 그만큼 그녀의 문제는 뿌리가 깊다. 시간이 걸릴 것이다. 상처가 완전히 봉합되지 않았으므로 아직 안정을 찾지 못한 것이다.

그러나 이것은 그녀 자신이 간호사로서 힘을 내서 극복해야 할 문제다. 또 그런 그녀의 존재를 받아들이고 인정해주는 지도자를 만나게 되기를 바랄 뿐이다. 그녀의 감정이나 감각이 잘못되었다고 몰아붙이지 않고, 열심히 간호사로 노력하는 모습을 인정하면서도 능숙하게 마음을 컨트롤할 수 있도록 가르쳐주는 지도자를 말이다.

그녀의 그러한 모습을 인정해주는 사람이 가까운 곳에 있는지 없는지가 그녀 인생에는 결정적으로 중요하다고 생각한다. 누군가에게 확실히 인정받으면 사람은 달라질 수 있다.

이것은 어디까지나 나의 제한된 경험에서 말하는 것인데, 거식증이나 자해 행위, 은둔형 외톨이(히키코모리), 혹은 주위 어른의 속을 썩이는 등, 어떤 문제를 품고 있는 아이의 80~90퍼센트는 그 배경에 부모·자식 관계의 문제가 있다. 남은 대략 10~20퍼센트는 초중고 시절의 심한 왕따 등의 체험이 원인이다.

그들은 우선 말을 들어주었으면 하는 생각에 그런 행동을 한다. 잠시 응답을 하다 보면 "어떻게 제 마음을 알죠?"라고 의아하게 생각한다. "투시하고 있는 것 같아요"라는 말을 듣기도 하는데, 그것은 아마 나 자신이 근본적으로 무언가 결핍된 불완전한 사람이기 때문이라고 생각한다. 그리고 그들에게 매우 강한 친근감을 느끼기에 무엇을 생각하는지 궁금하다. 대답의 공유에 큰 의미는 없다고 생각하지만, 문제를 공유하면 통할 때가 있다. 응답하는 사이에 상대는 그것을 깨닫게 되어 마음을 열어주는 게 아닐까 나름 생각한다. 그러는 사이에 상대는 깊은 속까지 털어놓게 된다.

실제로 상대와 '같은 문제를 공유하고 있다'고 생각할 때는 나도 거리낌 없이 말한다. 예를 들어 자해 행위 증후군의 사람이 솔직하게 말을 해주면, 나에게도 신체를 자해하고 싶어질 정도로 괴로웠던 기억이 있으므로 나의 체험을 말할 때도 있다. 상대에게 나는 해답 그 자체는 아니지만 참고할 수 있는 하나의 사례가 될 수 있기 때문이다.

그리고 여러 사람의 말을 듣는 가운데, 결국 그런 사람이 문제의 근저에 품고 있는 것은 부모·자식 관계나 가족 관계가 많다는 것을 알게 되었다.

나는 '부모의 책임'을 당연하게 완수한, 극히 보통의 부모 아래에서 자라났다고 생각한다. 그러나 거슬러 올라갈 수 있는 최초의 기억부터 '삶에는 무언가 확실한 것이 결핍되었다'는 느낌이 들었던 탓도 있다. 10살 때부터 이미 '부모·자식 관계란 확실한 것이 아니다'는 생각을 실감으로 품고 있었다. 부모·자식 관계조차 안심할 수 없다고 실감하는 것은 어린이에게는 충격적인 경험이었다. 그 후로 세계가 완전히 다르게 보였으므로.

학대받는 어린이도 그런 경험을 하지 않을까 생각한다. 눈앞의 경치가 확 바뀌어 순간적으로 세계에서 격리되는 듯한, 싸하게 차가워지는 감각이다.

아무리 학대를 받고 있어도 자식은 부모를 두둔하려고 한다. 버림받는 것이 두렵고, 버리지 않았으면 한다. 왜 그런 생각을 하는가. 그것은 결국 자신의 삶이 확실하지 않다는 감각이 있기 때문이라고 생각한다. 실제로 부모·자식 관계가 원만치 않은 사람 중에는 부모에 대한 신뢰는 물론, 자기 자신에 대한 신뢰에 근본적인 상처를 입은 경우가 아주 많다.

그런 아이는 처음에는 부모·자식 관계에 문제가 없다고 말하기도 한다. 본인이 그렇게 말하니, 그런가 생각하며 듣고 있으면, 마지막에는 꾹 쌓인 울분이 갑자기 한꺼번에 분출되기도 한다.

자신으로서는 부모와 사이좋게 지내고자 할 것이다. 처음에는 "어머니는 제가 가장 잘 알고 있고요, 뭐든 말을 해줍니다"라고 말한다.

그렇게 말하면서도 부모를 괴롭히는 행동만 하니 이상하다고 생각하고 있으면, 실상은 어머니의 푸념이나 불만의 청취 상대가 되어 있다. 만약 말을 들어주지 않으면 어머니와의 관계가 끊어져 버리니까 '어머니에게는 나밖에 없다'고 생각하며 열심히 듣는다. 그것이 남편, 즉 자기 아버지에 대한 욕설이라면 듣기 괴롭다. 그러다가 결국 참지 못하게 되는 것이다.

아이를 키운다는 것은 무엇보다도 자립시키는 것을 의미하지 않을까. 어쨌든 그 사람이 스스로 어떻게든 살아갈 수 있을 때까지 자립시키는 것. 그때까지가 부모, 혹은 주위 어른의 책임일 것이다.

그러나 자식이 자립하려면 몇 가지 요건이 있다. 하나는, 탄생했을 때에 탄생 그 자체를 결정적으로 긍정해주는 사람이 있을 것. 아들인지 딸인지 상관없이, 소위 모성적인 무조건의 긍정 ─ 참 잘 태어나 주었다, 네가 존재하는 것만으로도 기쁘다는 긍정 ─ 을 부여해주는 '타자'의 존재이다.

사람은 태어나고 얼마 후에 자신과의 '투쟁'에 들어선다. 자신의 근거가 없다고 하면 스스로 획득해야 한다는, 그런 의미에서의 '투쟁'이다.

그런데 자신이 이곳에 존재한다는 것을 받아들이거나 인정하는 것은 본인이 직접 할 수 있는 것이 아니다. 자신을 아껴주고 자신의 응석을 마냥 받아준 실감이나 경험이 없으면, 투쟁의 기본 에너지가 결핍되는 것이다.

'마냥 응석 부리던' 기억을 쉽게 생각해서는 안 된다. 내가 지금까지 들은 이야기 중에 자해 행위, 은둔형 외톨이, 섭식 장애 등을 가진 젊은이들에게 "솔직히 어떻게 하고 싶지?"라고 물으면, "(성적인 의미가 아니라) 안아줬으면 한다"라고 말하는 사람부터 "아기가 되고 싶다", "어머니 배 속으로 돌아가고 싶다"라고 말하는 사람까지 있다. 30대의 남자도 그랬다.

나이를 훨씬 더 먹어도, 어렸을 때 조건 없는 사랑을 받은 기억이 없는 사람은 뚫린 구멍을 메우지 못한 채 살고 있을 수 있다. 취직과 결혼도 거쳐 사회에 적응한 것처럼 보이는 사람도 정년 후나 부모를 여읜 후, 그 텅 빈 구멍 때문에 다시 괴로워할 수도 있다.

한번 뚫린 구멍은 어른이 되어도 메울 수 없다. 다양한 인연의 혜택을 받고 누군가가 이해해주었다고 생각함으로써, 조금씩 괴로움이 완화될 수는 있다. 그러나 그렇다고 해서 근본적인 문제를 없앨 수는 없다.

애초에 우리의 실존 자체는 한가운데에 큰 구멍이 뚫려 있다. 마냥 응석 부리던 기억이 있어도, 다른 방식으로 그것을 깨닫게 되는 경우도 있다.

유소년 때의 체험이 미래의 인생에 곤란을 초래하는 것은 가능하면 피해야 한다. 그러나 잃어버린 것이 있다면, 괴롭겠지만 '그래도 살아가려면 어떻게 하면 좋을까'를 생각해야 하지 않을까.

자식을 잃은
어머니의 슬픔

아이에게 어머니의 존재는 특별하다. 그리고 말할 것도 없이 어머니에게 아이는 존재 근거 그 자체라고 할 수 있다.

어머니는 아이에게 무상의 사랑을 쏟는다고 하는데, 이것은 일방적인 관계는 아니다. 어머니는 무방비한 존재를 받아들인다는 점에서 아이에게 결정적인 존재지만, 아이는 무력하므로 어머니에게 결정적인 존재 근거를 부여한다. '내가 없으면 이 아이는……'이라는 생각은 어머니의 삶에 큰 버팀목이 된다.

그러므로 아이를 잃은 어머니는 평상의 모습으로 있을 수 없다. 존재 근거를 상실했으므로 그것은 당연하다. 스님이나 장의사에게 가장 괴로운 장례식은 갑작스럽게 죽은 아이의 장례식이다. 갑작스러운 경우는 사고사나 사건에 의한 경우가 많기 때문이다. 특히 유아나 갓난아기의 장례식에서 극한 비탄에 잠긴 어머니의 모습을 보게 되면, 독경을 하는 처지로서도 참으로 괴롭다.

이것은 '이렇게 열심히 키웠는데도'라고 보답을 요구하는 듯한 거래의 관계인가 생각해보면, 그렇지는 않다. '어머니'라는 존재, 그야말로 '자신'의 큰 존재 의미였던 근거가 갑자기 휙 사라진다면 자기 목숨의 일부분이 죽어버린 것과 같다.

물론 아버지의 상실감도 크다. 부모는 아이가 '부모로 만들어준' 존재이다. 어릴 때 응석 부리던 체험이 없으면 '빈 구멍'을 품고 살아갈 수밖에 없는 것처럼, 아이를 잃은 부모가 지닌 '구멍' 또한 간단히 메워지지 않는다. 그래도 그 아픔에 익숙해지기를 기다리며 빈 구멍을 다른 인연으로 조금씩 메워가는 수밖에 없다.

왜냐하면 아무리 슬퍼도, 아무리 괴로워도, 아무리 안타까워도, 사람은 살아가야만 한다고 믿어야 하기 때문이다. "죽은 아이 몇까지"라고 흔히 말하는데, 죽은 목숨을 가치 있는 것으로 만드는 것은 남겨진 자가 어떻게 사느냐에 달려 있다.

아버지의 역할은
어머니와 자식을 상대화하는 것

자립의 이야기로 돌아간다. 또 하나의 자립 요건으로는 부모가 모자 관계, 부모·자식 관계를 상대화하는 것을 들 수 있다. 어느 단계에서는 독립시켜야만 한다. 부모는 앞으로 고독하게 되어 괴로울 수도 있겠지만, 자식을 부모의 우산에서 내보내겠다고 결단을 내릴 필요가 있다.

그런데 부모가 정을 떠나 자기 자식을 바라본다는 것은 어렵다. 특히 어머니의 경우는 그 경향이 강하다.

이것은 제3의 시점에서 시기를 가늠할 수밖에 없다고 생각한다. 이해의 모델로 말하자면, 언제까지나 자식에게 용돈을 주는 어머니를 보고, 아버지는 "용돈을 주면 안 돼. 스스로 벌도록 해야지"라고 말한다. 어머니로서 자식은 언제까지나 사랑스러우므로 돈을 주고 싶지만, 아버지가 안 된다고 하므로 어쩔 수 없이 그만두게 될 것이다.

그러나 아버지는, 말하자면 가족 중에서 입장이 가장 약한 사람이다. 이것은 근본적으로 그렇다. 즉, 부모·자식 관계에서 가족으로서 어떠한 연결이 있는지 정말로 알 수 있는 것은 어머니뿐이다. 어머니가 너는 내 자식이고 당신은 내 남편이니

이 아이는 당신의 아이라고 말하는 것을 주위가 믿고 받아들일 뿐이다. DNA 감정이라도 한다면 별도 문제이지만, 가족은 어머니이며 아내인 여성의 말을 믿을 수밖에 없다. 가족 관계는 어머니를 매개로 연결된다.

그렇다면 동물을 봐도 알 수 있듯이, 아버지는 차세대의 성장에 근본적으로는 필요 없다는 말이 된다. 아버지의 입장이 실은 가족 중에서 가장 약하다는 것을 자각하지 못하는 남성이 많으나, 자신이 있을 곳을 모르니까 가족과 관계할 때에 겁쟁이가 되거나 강권적·압제적으로 되기 쉽지 않나 생각한다. 즉, 아버지는 항상 가족 안에서 존재 불안을 품고 있다. 이것은 나 자신의 실감이기도 하다.

아버지는 심리적으로 열등감이 있으므로 어머니와 자식의 관계에 섣불리 개입하지 못한다. 적당한 개입의 방법을 찾기 어렵다는 것이 나의 실감이다.

가정에서의 인간의 존재를 생각할 때, 자식이라고 불리는 존재와 아버지라고 불리는 존재는 압도적으로 어머니인 여성에 대해 열위에 있다. 말하자면 정치적인 힘의 균형의 문제로, 이 것은 가족 문제를 생각할 때 과소평가할 수 없다고 생각한다.

부모·자식의 문제를 당사자 간의 '정'이나 '애정'이 아니라 제3자까지 끌어들인 '타협'과 '거래'의 문제로 해결하는 쪽이 유효한 경우가 상당수 있다고 내가 생각하는 까닭이다.

누구나
긍정 받고 싶은 존재다

이야기가 다시 좀 벗어나지만, 상담자 모두 자신을 알지 못 해 상담하러 오는 게 아니다. 요는 자신이 한 일, 자신의 지금 모습에 관해 그것으로 좋다는 말을 듣고 싶어 한다는 것이다. 근저에는 '긍정적인 말을 듣고 싶다'는 강한 바람이 있다.

그러므로 자해 행위자나 방에 틀어박힌 사람과 대화할 때 도 가장 중요한 것은 그 사람의 이야기를 듣는 것이다. 그 사람의 이야기를 듣는 것은 그 시점에서 긍정의 첫걸음이 된다. 즉, 그 사람의 경험은 들을 가치가 있다는 메시지가 된다.

어느 중년 여성으로부터 이런 상담을 받은 적이 있다. 남편이 시한부 생명의 말기 암이라는 의사의 선고를 받았는데, 그녀는 본인에게 알리는 것을 거부했다. 말할 때는 자신이 직접 말하겠다고 엉겹결에 대답했다. 지금은 어떤지 모르겠지만 그당시에는 일단 가족에게만 알리는 경우가 많았다.

남편에게 밝혀야 할지 망설이면서도 어렴풋이 눈치챈 남편이 "나는 암인 거 같아"라고 말할 때마다 계속 부정하다가 결국 마지막까지 말하지 못한 채 남편이 사망했다.

그러나 사망한 후에도 후회가 가시지 않아, 내게로 와서 "잘한 일인가요? 아니면 알려야 했던 것인가요?"라고 물었다. 남편을 속인 채로 보냈다는 생각이 들어, 잘못하지 않았는지 걱정하며 결국 우울증까지 걸렸다.

나는 "아마 남편께서는 암이라는 것을 알고 있었다고 생각합니다. 부인이 왜 입을 다물고 있었는지도 알고 있었습니다.

전부 알고 있으면서 부인의 괴로운 마음을 헤아리고 저승으로 갔다고 생각합니다"라고 대답했다.

남편과는 면식도 없으므로 진실은 물론 모른다. 그러나 이 때 암의 고지에 관해 시비를 가려도 의미가 없다. 무엇이 옳고 무엇이 틀렸는가. 즉, 여기서는 어떤 행위의 선악을 결정하는 게 문제가 아니었다. 내 눈앞에서 고민하고 괴로워하는 사람이 있다. 그렇다면 요는 그 어려움을 어떻게 하면 좋을까라는 것이다.

실제로 그녀는 남편이 애처로워 병을 알릴 수 없었다. 그 때문에 대단히 괴로웠다. 충분히 고민했다. 그 고통을 가볍게 해주는 것이 종교인의 역할이라고 생각했다.

누구라도 긍정의 말을 듣고 싶다는 마음을 갖고 있다. 아이가 태어났을 때에 전면적인 긍정을 부여받는 것은 물론, 어른이 되어서도 계속 지금의 자신을 누군가 긍정해주었으면 한다. 그것이 부정된다면 얼마나 괴로울 것인가.

그런데 이 문제의 뿌리가 깊은 것은, 어느 한 인간으로부터 영원히 긍정 받는다는 것은 있을 수 없다는 엄연한 사실이 있기 때문이다. 자신이 타자와 관계를 만드는 가운데, 긍정하고 긍정 받는 관계를 항상 노력하여 만들지 않는 한, 부모·자식이라도 한 인간으로부터 전면적인 긍정을 일방적으로 받는 것은 신이 아닌 인간은 불가능하다. 왜냐하면 긍정을 하는 사람도 자신을 누군가 긍정해주기를 바라는 존재이기 때문이다. 완전한 자기 긍정으로 살아가는 사람은 아무도 없다.

부모·자식 관계는
하나의 '약속'에 불과하다

여기서는 자식의 관점에서 자립의 정의를 생각해본다. 자립 여부를 무엇으로 판단하는가 생각할 때, 우선 생활양식이 과거와 다르지 않으면 의미가 없다.

그러나 예를 들어 부모의 막대한 유산을 이어받아 평생 노는 데 열중하며 살아갈 수 있다면, 굳이 경제적으로 자립할 필요는 없을 수도 있다. 그것은 기생충도 뭐도 아니라, 하나의 삶의 방식이라 할 수 있다. 본인이 그것으로 좋다면 전혀 상관없다. 무언가에 의존하여 사는 사람은 의존 대상이 평생 확실하다면 곤란할 것은 없다.

그러나 문제는 의존 대상의 대다수는 언젠가 사라진다는 점이다. 그것을 자각할 수 있는지가 자립의 관건이 된다.

어느 여배우의 아들이 많은 용돈을 받아 펑펑 쓰면서 노는데 정신없이 지낸 끝에 각성제 소지로 체포된 사건*이 있었다. 돈에 불편함 없이 평생 그것으로 살아갈 수 있었다면, 그리고 본인이 그것에 만족했다면 각성제에 빠지지는 않았을 것이다.

그러나 그는 삶의 의미를 느끼지 못한 것 같다. 아마 삶이

---

* 여배우 미타 요시코의 차남 다카하시 유야는 배우이자 가수이다. 어릴 때부터 바쁜 부모 대신에 조부모와 가정부의 손에서 자랐다. 고교 때부터 마약 소지로 체포 전력이 있고 2007년에 세 번째로 검거되었다.

심심하지 않았을까. 심심하다는 것은 자신의 존재가 적나라하게 드러나는 것이다. 자신의 무의미가 노골적으로 드러나는 것이 심심하다는 감정이라고 생각한다. 그러므로 사람은 심심한 것을 싫어한다. 누구라도 '무의미한 자신'에게서 눈을 돌리고 싶어 한다.

그는 노는 것에는 불편함이 없는, 즉 시간을 보내는 것은 불편하지 않았지만, 그런 자신에게 의미를 느끼지 못했다는 것이다. 무엇보다 그의 주위에 모여드는 사람이 그에게 경의를 표하지 않는다는 것을 본인이 가장 잘 알았을 것이다. 왜냐하면 그가 가진 돈은 부모에게 받은 것이기 때문이다. 자신은 부모가 없으면 아무것도 할 수 없는 인간이라는 것을 잘 알고 있다. 이것은 유아라면 몰라도 보통은 견디기 힘들다. 그래서 마약에 빠진 것이 아닐까.

그러나 더 이른 단계에서 부모는 언제까지나 네 옆에 있지 않는다는 것을 그에게 말해줄 필요가 있었다고 생각한다. 그 자신도 그 사실과 마주했어야 자립의 첫걸음을 내디딜 수 있었을 것이다.

이전에 사법시험을 몇 년이나 계속 떨어진 학생에게 말했다. "다음에 떨어지면 그만두는 것이 좋다. 다시는 사법시험을 삶의 변명으로 삼지 마라"라고. 그는 부모의 신세를 지며 시험에 계속 응시했다. 한두 번이라면 몰라도, 정말로 사법시험에 계속 도전하려면 부모의 돈을 받지 말고 자립하여 시험에 도전해야 한다.

자립의 두 번째 정의는, 간단히 말하면, 자신의 삶을 자신이 정하고 그 결단에 관해서는 남의 탓으로 돌리지 않는다는 것이다. 부모 탓으로 하지 말고, 사회 탓으로도 하지 않는다. 누가 강제한 것도 아니고 스스로 각오하고 결단한 것은 후회할 것도 없다.

앞서 말한 바와 같이, 자기 책임이나 자기 결정이란 자기에게 근거가 없는 이상 어떤 결단을 했을 때 그 책임을 진다는 것을 자신이 '승인할 것인가 말 것인가'의 문제라고 생각한다.

자기 책임은 애초 스스로 내린 결단에 책임을 지겠다고 각오한 때에 비로소 생기는 것이다. 남의 말을 들을 필요가 없다. 애초에 주위가 일방적으로 자기 책임이라고 말한다고 해도, 자기에게 정체가 없는 이상, 이치로는 원리적으로 성립되지 않는다.

그러므로 자기 책임을 질 수 있는 사람은 "그것은 나의 책임입니다"라고 타자에게 분명히 말할 수 있는 사람이다. 어떤 결단이라도 자기가 관계성 안에 있는 이상, 순수하게 절대적인 자기 책임은 있을 수 없다. 그것을 잘 알고, 그것은 나의 책임이라고 말할 수 있는 것. 그것이 '자립'한 어른이라 할 수 있다.

부모·자식 관계는 다른 인간관계처럼 어떤 '약속'에 불과하다고 나는 생각한다. 여기라면 확실하겠다는 '있을 곳'은 세상에 없다. 가정도 다르지 않다. 그렇다면 항상 스스로 있을 곳을, 살아갈 자리를 만들어가는 것 외에 길은 없다.

자기 부담으로 인간관계를 만들어갈 수 있도록 할 것. 부모가 자식에게 해야 할 일은 이 이상도 이하도 아니라고 생각한다.

앞에서 사람은 자신이 소중하게 사랑받았다는 실감이나 경험이 없으면 투쟁의 기본 에너지가 부족하다고 말했다. 이러한 '기초 체력'이 없는 사람이 '자기'를 둘러싼 투쟁에 들어갔을 때 어떻게 될까. 타자로부터 빼앗거나 혹은 타자를 배제함으로써 자신의 힘을 인식시키려고 하지 않을까. 나는 이것이 왕따(이지메, 집단 따돌림) 문제의 근저에 있지 않나 생각한다.

왕따는 항상 왕따를 하는 쪽에 문제가 있다. 문제 해결에 임할 때, 학교도 부모도 사회도 우선 그렇게 판단하는 것이 좋다. 왕따를 하는 아이는 그럴듯한 이유를 들 것이다. "저 녀석은 얼간이니까", "당해도 당연한 걸 하는 거야" 등 상대에게 잘못이 있다고 말하며 자신을 정당화하려고 한다.

그러나 그런 것은 전혀 관계가 없다. 명백하게 왕따를 하는 쪽에 문제가 있다. 왕따를 하는 이유가 무엇인지를 살펴봐야 한다.

왕따를 하는 아이는 자신이 괴로우니 왕따를 한다. 상당한 에너지가 필요한 일을 의도적으로 할 필요가 있을까. 왕따를 하는 쪽은 자신이 왕따를 하고 있다는 것조차 생각하지 않는 듯하다. 바른 일을 하고 있다, 그저 재미있는 일을 하고 있다, 그 정도로만 생각하는 듯하다. 본인이 자신의 문제를 깨닫지 못하는 경우가 많은데, 누구를 괴롭히는 것은 역시 본인도 어떤 압력을 받고 있다는 것이다. 혹은 자신이 왕따를 당하지 않기 위해 필사적으로 왕따를 하던가.

최근의 왕따가 게임이라고 말하는 것은 언제 누가 가해자가 되고 피해자가 될지 모르는 상태이기 때문이다. 차례로 표적은 교체된다. 각각의 '있을 곳'이 불안정하므로 서로 자리를 바꾸지 않을 수 없다.

옛날의 왕따는 가해자와 피해자가 확실히 구분되었다. 가해자와 피해자란 어느 사회의 역할로 정해지므로, 가해자는 참모가 있거나 하여 그것으로 자신을 지킨다. 한편 피해자가 완전히 몰락하면 가해자의 입장이 없어져 버리므로, 피해자가 파탄 나지 않을 정도로 괴롭힌다. 여기에 아슬아슬한 억제가 있다고 생각한다. 이 구조는 게임이 아니라 소위 질서가 명백한 작은 사회다.

아이의 사회에서 일어나는 일은 어느 시대나 어른 사회의 반영이다. 즉, 귀찮은 일을 약한 자에게 떠넘기는 구조가 사회 내부에 있으면 아이는 모방한다. 그것을 부끄럽다거나 나쁜 일로 생각지 않으므로 약한 사람을 더욱 몰아붙인다. 혹은 부자가 어느 날 가난해져 '있을 곳'을 잃고, 가난한 사람이 하룻밤에 부자가 되는 수가 있다. 이것은 요즘의 게임 감각의 왕따와 구조가 같다. 질서가 정해진 사회라는 감각은 갖기 어렵다.

또 하나 내가 생각하는 것은, 지금 사회는 아이가 아이로 남아 있는 것을 허용하지 않는다는 점이다. 즉, 어른의 축소 모형을 만들려고 한다. 무엇보다 문제인 것은 아이를 소비의 대상으로 본다는 점이다. 소비경제의 안에 아이의 존재를 포함하고 있다. 말을 바꾸자면, 소비경제 사회가 인간의 실존을 통째로 매수해버렸다는 것이다.

이것은 개개의 부모의 문제는 아니다. 세상의 가치관이 아이를, '무의미'한 존재를 허용하지 않는다. 여기서 말하는 무의미는 시장경제에 무의미하다는 뜻이다.

시간과 노력이 필요하고, 생산도 소비도 아무것도 할 수 없는, 경제적 가치가 제로인 사람을 용납하지 않는 사회. 아이에게 명품을 입히는 사회. 헌 옷을 입히면 사랑받지 못한다고 생각하는 사회.

그러나 사람은 그런 존재로 태어나지 않았다. 애초에 가치 있는 존재로 태어나지 않았다. 여기에서 모순과 갈등이 생긴다.

왕따에는
필요조건이 있다

왕따는 폐쇄 공간에서만 일어나므로 최선의 해결책은 그것을 개방적으로 만드는 것이다. 어른이 언제라도 개입할 수 있는 상태로 만든다. 교사도 학교도 문제를 공개하지 않고 봉합하려고 하면, 해결책은 찾을 수 없다.

왕따 문제는 교사와 본인, 혹은 부모와 본인의 관계에서는 해결되지 않는다. 피해자와 가해자의 부모가 어떻게 해결해보려고 해도 잘되지 않는다. 어떤 관계의 파탄은 외부와의 관계에서 고쳐갈 수밖에 없다. 즉, 어떤 관계가 안정되었다는 것은 외부에 그것을 규정하는 틀이 있기 때문이다. 내부 관계를 규정하는 외부의 프레임이 바뀌지 않으면, 내부 관계는 바뀔 리가 없다.

회사를 예로 들면, 조직을 바꾼다는 것이다. 조직을 외부로 오픈한다. 혹은 그 조직에서 항상 같은 문제가 거듭 발생한다면 그런 내부 구조가 있다는 의미이므로, 그 구조 자체를 바꾼다. 그렇게 하지 않으면 문제는 지속될 것이다. 예를 들어 언제까지나 계속 강압적인 상사가 있다면, 그것은 조직이 강압적인 상사를 필요로 하기 때문이다.

마찬가지로 아이들의 세계에 왕따가 항상 있다는 것은, 그것을 아이들이 필요로 하기 때문이다. 필요로 하는 그 조건을 바꾸지 않는다면 왕따는 사라지지 않는다. 학급 내부를 들여다보아도 해결되지 않을 때는 학교 전체를 들여다본다. 혹은 학교 외부 사회에서 학교를 바라본 후, 다시 해당 학급을 본다는 식으로 외부의 틀을 바꾸지 않으면 문제는 끝내 사라지지 않는다.

예전에 잘 아는 변호사와 대화를 나누었는데, 최근 변호사 사무실에는 부모·자식의 문제뿐 아니라 왕따 문제의 의뢰가 들어온다고 한다. 변호사가 학교에 느닷없이 법률을 갖다 대면 오히려 사태가 틀어지는 수도 있으므로, 나의 협력을 구한다는 상담이었다. 예를 들어 왕따 문제라면, 우선 제3자인 내가 중재의 역할을 하는 것이다.

이것은 물리적인 문제가 발생하여 그때는 실현되지 않았으나, 하나의 좋은 방법이라고 생각한다. 승려만으로 이러한 문제를 모두 해결할 수 있다고는 생각지 않으며, 그렇다고 해서

변호사만으로도 어려울 것이다. 학교와 부모가 지역 안에서 해결할 수 있다면 그 이상 좋을 것이 없으나, 어려운 경우에 외부와도 잘 연계하는 것은 하나의 가능성으로서 앞으로 생각해볼 수 있다.

지금 사회는 어쨌든 아이가 안심하고 지낼 수 있는 사회는 아니다. 즉 부모도 아이도, 누구도 안심하고 자신의 역할을 다할 수 없다. 역할을 규정한 질서 전체가 흔들리고 있다.

이때 중요한 것은, 이해관계를 없애서라도 협력하는 것이다. 우선 위기를 공유하는 것이 중요하다. 그 안에서 종교인이 어떤 역할을 하면 좋을지, 나 스스로도 모색하고 있는 참이다.

타자에 대한 상상력이 지배욕을 뛰어넘는다

인간의 안정된 관계란 최소한 세 명이 있어야 만들어진다.

두 명만이라면, 어느 쪽이 강하고 어느 쪽이 약하냐는 지배 관계가 기본적으로 정해진다. 지배 측인가, 피지배 측인가.

그러나 동물이 아닌 인간이므로, 어느 쪽의 힘이 강한지 약한지가 아니라, 그 관계가 정당한지 아닌지의 판단이 필요하다. 그것을 말해주는 제3자가 있어야 비로소 질서를 갖춰 안정된다. 만약 당사자끼리의 관계만이라면, 항상 실력으로 결착을 봐야 한다. 그것은 결코 관계를 안정시키지 못한다.

요컨대 안정된 인간관계를 사회라고 부른다면, 제3자가 있어야 어떤 관계가 정당한지 부당한지 판단하고, 그 사람의 판단에 따른다고 하는 규칙이 있어야 안정된 관계가 성립된다. 혹은 제3자가 어느 쪽의 편을 든다. 즉 1대1의 싸움은 안정되지 않지만, 2대1이라면 어느 쪽이 늘 이긴다는 파워 게임으로 질서가 안정되는 경우도 있다. 어쨌든 세 명 이상이 되어야 관계는 안정된다.

막연하게 두 사람이 결합되어 있는 것이 아니라, 그 관계를 바라보는 제3자, '제3의 시점'이 있어야 한다. 늘 '관계에 대한 관계'가 존재할 필요가 있다.

따라서 제3의 시점이란 일종의 벗어남이다. 즉, 나(=제1의 나)를 나라고 인정하는 나(=타자), 그 두 명의 '나'의 관계를 인정하는 추가의 나(=제3자)……. 이것을 거듭해야 한다. 관계에 대한, 관계에 대한, 관계에 대한, 관계……. 어떤 관계를 알려면, 그 관계에서 벗어나 또 하나의 관계를 만든다. 그 시점이 그것으로 멈추는가 하면, 관계를 인정한 이상 또 하나의 관계가 있을 것이다. 즉, 최소 단위는 항상 셋이다.

덧붙여 말하면, 관계성을 인식하는 것은 언어가 있는 존재뿐이다. 그것이 동물과 인간의 다른 점이다. 말은 도구가 아니다. 인간의 존재를 정하는 '힘'이다. 어떤 관계는 모두 말로 규정되어야 비로소 확정된다.

그리고 관계성에서 중요한 것은 상상력, 혹은 '자비慈悲'라고 말해도 좋다. 자비는 타자에 대한 상상력이다. 오해하기 쉬운데, 이것은 사랑愛과 전혀 다른 개념이다. 비슷하지만 전혀 다르다.

사랑의 근저에는 상대를 마음대로 하려는 지배욕이 있다. '집착'으로 바꿔 말해도 좋다. 그러나 자비에 지배의 감정은 없다.

애초에 자비는 무엇을 준다거나 베푼다는 종류의 것이 아니다. 자원봉사 활동이나 자선 행사와도 다르다. 상대에게 손을 내밀어도 세상에는 '그냥 놔두기를 바라는' 사람도 있다. 자비는 어디까지나 결과로서 상대가 느끼는 것이다. 타자를 이해하려는 상상력이 있고, 또한 손을 내밀었을 때 상대방이 자비라고 느꼈을 때 자비는 비로소 성립된다.

'용서'의 어려움

부처님이 아닌 사람의 세상에 자비가 있다고 한다면, 그것은 '용서'라는 행위라고 생각한다. 사람을 용서하는 것은 매우 어렵다. 왜 어려운가 하면, 사람을 용서하기 전에 자신을 용서해야 하기 때문이다. 용서하기 전에 먼저, 용서하려는 자신을 용서한다. 그것은 어떤 의미인가.

언제였던가, 곧 자살할 생각이라고 하는 30대 남자의 이야기를 밤새도록 들은 적이 있다. 그는 초등학교 때 당한 왕따가 큰 트라우마가 되어 히키코모리 상태에서 벗어나지 못하고 있었다. 20년이 지나도 당시의 가해자 이름과 집에서의 세세한 언동까지 기억하고 있었다.

이때, 상대를 용서하든 말든 왕따의 기억과 그가 받은 트라우마는 결코 사라지지 않는다. 그럼에도 불구하고 용서한다는 것은 실제로 매우 어렵다.

상대를 용서하기 어려운 것은 자신이 불쌍하기 때문이다. 자신에게 미안하기 때문이다. 진짜 문제는 여기에 있다고 나는 생각한다.

어려움은 용서하는 자신에게 있다. 누군가를 용서하기 전에, 용서하는 자신을 받아들여야 한다. 그러므로 용서한다는 것은 어려우며 매우 큰 노력이 필요하다. 마음먹는다고 곧 할 수 있는 것이 아니다.

다만 그것을 깨닫기만 해도 달라진다고 생각한다. 실제로 '자신'이 벽이 되어 보이지 않는 것이 많지 않을까. 혹은 매우 어려운 문제가 있음에도 자신이 깨닫지 못해 남에게 상담할 수 없다는 것은, 그 어려운 문제를 '남에게 말하는 자신'이 용서되지 않는다는 것은 아닐까. 그렇게 의심해봐도 좋지 않을까.

최근의 무차별 살인 사건은 사회에 큰 상처를 남겼다. 무엇보다 죽은 사람은 얼마나 원통할 것인가.

이와 같은 불합리한 사건의 피해자가 되었으니, 유족들은 슬픔과 함께 깊은 분노가 있을 것이다. 절대로 용서할 수 없다, 범인을 죽이고 싶다는 생각도 무리가 아닌 심정일 것이고, 재판한다면 극형인 사형을 바라는 것도 매우 자연스러운 감정이라고 생각한다.

단, 그것이 당연한 감정이고 생각이라고 해도, 승려인 나는 사형을 긍정할 수는 없다. 이유는 사형제도가 좋은지 나쁜지에 있는 것이 아니라 내가 '불살생'이라는 계율을 받은 승려이기 때문이다. 인정의 문제가 아니며 사회제도 평가의 문제도 아니라, 불교 승려라는 한 가지 이유 때문이다.

내가 승려로서 출가하여 수계를 하려고 할 때 가장 주저한 것은, 자살을 할 수 없게 된다는 점이었다. 그때까지의 나는 자살을 바보스러운 짓이라고 생각하고 있었지만, 한편으로는 인생 최후의 카드는 자살이라는 생각도 있었다. 그러므로 이 카드를 잃는 것은 정말 아쉬웠다.

그리고 동시에, 전쟁과 사형제도도 인정하지 않겠다는 각오를 해야 한다고 생각했다. 이것은 세상의 흐름에 따라서는 사회적인 고립을 초래할 위험도 있다고 생각했다.

그러나 그럼에도 수계하여 승려가 된다면, 그 후로는 이미 인정이나 논리가 차지할 자리는 없어진다. 받은 계율로 입장을 정할 뿐이다. 승려이기 때문에.

굳이 이치를 말하자면, 인간이 변할 수 있다는 가능성을 완전히 부정하는 제도는 '범부의 성불'˚을 믿는 입장에서는 인정할 수 없는 것이며, 그 의미에서 '절대로 용서할 수 없다'고 단언하고 사형을 용인하는 것은 승려의 선택지에는 없다고 나는 생각한다.

몇 년 전, 수행 도량에서 함께했던 후배가 수행을 마치고 절로 돌아간 후 급사했다. 노상의 불량 청년들에게 주의를 주다가 폭행을 당해 피살된 것이다.

그의 장례에는 많은 사람이 찾아와 슬픔을 나누었다고 하는데, 마지막에 그의 스승이자 아버지인 주지는 인사말 중 이렇게 말해 모두의 말문이 막혔다고 한다.

"그래도 용서하지 않을 수 없겠지요……."

승려와 아버지의 입장으로 갈라진, 지극한 자제의 이 말이 떠오를 때마다 나는 자신의 각오를 다시 한번 물어보게 된다.

· 범부의 성불 : 범부(凡夫)는 보통사람, 성불(成佛)은 깨달음을 얻어 부처가 되는 것. 모든 보통 사람은 부처가 될 가능성이 있는 존재이다.

조동종의 본사인 에헤지永平寺 제78대 주지인 고故 미야자키 에키호 선사는 '애愛'가 아니라 그 앞에 '경敬'을 붙여서 '경애敬愛'라고 말하라고 말씀하셨다. 나는 '애'의 부분도 떼서 '경敬', '경의敬意'라고 말하는데, 이것이 인간관계의 근본에 가장 중요하다고 생각한다.

애정은 분명 필요하며 인간관계의 이상적 모습의 하나로서 부정할 생각은 없다. 예를 들면, 어머니의 무상의 사랑. 어쨌든 존재에 전면적으로 긍정을 부여하는 애정은 사람의 삶에 소중하다. 아이는 당연하게 받아들이고 있으니 의식도 하지 않겠지만, 어머니는 무력하고 무의미하게 태어난 존재를 전면적으로 보호하고 받아들인다. 자신의 모든 것을 걸어도 아깝지 않다는 것을 사랑이라고 한다면, 분명 그런 것이 있다는 것도 모르지 않는다.

그러나 이러한 사랑은 신이나 어머니 외에는 거의 있을 수 없다. 게다가 어머니는 자기 자식에게만 한정된 사랑이다.

연애는 일종의 거래라고 할 수 있다. 인간 세계에서 '사랑한다'는 관계는 근저에 '사랑받고 싶다'는 생각이 결정적으로 존재한다. '사랑하니 사랑받고 싶다'고 생각한다면, 그것은 거래가 된다. 짝사랑만으로 평생 이어지는 사랑은 현실에는 거의 없다. '사랑'이라 말해지는 감정의 근본에는 어딘가 지배와 거래가 있다.

사랑받는 쾌감은 조건 없는 긍정을 얻었을 때 느끼는 감정이다. 이것은 분명 매력적이지만 어머니의 무상의 사랑 같은 전면적인 긍정은 거래, 흥정의 관계에서는 있을 수 없다. 있다고 해도 일시적이다.

연애에는 분명 제한 시간이 있다. 소위 유효기간이 있다. 연애야말로 보편화도 할 수 없으며, 믿고 의지할 수도 없다. 그러나 그것으로 괜찮다. 연애는 일과성이라고 해도 전혀 상관없다.

요컨대 세상에서 사랑, 사랑 말하지만 사랑을 과신하지 않는 편이 좋다. 최고의 가치라고 믿지 않는 편이 좋다. 세상에 연애가 없어도 인간관계는 깊어질 수 있으며, 남으로부터 긍정을 받을 수 있다. 맞선을 본 당일에 처음 남편을 만났다고 하는 신도 할머니를 몇 분 알고 있는데, 그녀들은 정말로 상대를 소중하게 생각하고 있으며 죽은 후에도 진심으로 애도하고 있다. 그것은 오랜 세월 함께 살아가며 함께 고생한 결과이다.

즉, 사람과 사람의 관계에서 유일하게 의지할 수 있는 것은 이해관계를 도외시한 관계, 어떤 경험의 공유에 의한 이해와 경의로 성립된 관계이다. 상대에 대한 경의가 없으면 인간관계는 무너질 수 있다.

감정에 굳이 순위를 매길 필요는 없으나 불교라는 가르침에 비추어서 말하자면, 애정보다도 경의가 나는 훨씬 위라고 생각한다. 그러므로 미야자키 선사가 '애'가 아니라 '경애'를 말하라고 한 것은 옳다고 생각한다. 미야자키 선사는 오로지 불교에 전생을 바친 사람이므로 그렇게 생각한 것이리라.

그럼 '존경하다', '경의'란 구체적으로 어떤 것인가. 애정과 결정적으로 다른 것은 우선 상대를 조정하려는 감정이 일절 없다는 것이다. 존경하는 사람을 마음대로 하겠다고 생각할 리가 없다.

사랑이 미움으로 변하면 더 미워지고 애증(사랑과 미움)은 종이 한 장 차이라고 말하지만, 그것은 지배와 거래의 관계이기 때문이다. 어머니의 '무상의 사랑'도 근저에 경의의 감정이 없으면 지배 관계가 되기 쉽다. 존경하는 상대는 오로지 존경할 뿐이다. 게다가 존경 자체에는 손해라는 감정은 생기지 않을 터이다. 경의를 표하는 것이 기쁨이 될지언정 손해 본다는 마음은 되지 않는다.

지금의 사회 전체는 사람을 존경하는 시스템으로 되어 있지 않다. 여기에 큰 문제가 있다. 그런 시스템이 없어도 사회는 현실적으로 기능하겠지만, 그렇다고 사람을 존경할 필요가 없다고 할 수 없다. 그렇기 때문에 오히려 존경하고 존경받는 관계가 한층 소중하다.

사람은 관계 속에서만 살아갈 수 있으므로, 자신만으로 무언가 가치 있다고 생각하는 것은 환상이다. 자신이 가치 있는 사람이 되려면 '타자'가 그렇게 생각해줘야 한다.

그러나 남의 존경을 받지 못하는 것은 자신도 남을 존경하지 않기 때문이다. 남을 존경하지 않는 사람은 자신도 존경받지 못한다. 사람과 사람의 관계는 그런 것이 아닐까. '나'의 가치 운운을 생각하기 전에 우선 내가 남을, 주위와의 관계에서 상대를 존경하는 마음이 있는지 생각할 필요가 있다.

남의 존경을 받으려면 직업이나 재물로는 안 된다. 직업이 존경받는다면 실업자가 되면 그것으로 끝이다. 의지가 되는 것은 재물이나 직업이 아니라, 경의가 수반된 사람과의 관계, 그것이 전부가 아닐까.

'존경한다'고 말하면 아부한다고 오해받는 수도 있으나, 여기서 말하는 '존경한다'는 것은 근본적으로 상상력이다. 앞의 '자비'의 이야기와 같다. 상대와 그 괴로움을 어떻게든 알고자 하는 노력, 여기에 '자비'의 근간이 있다. 그렇다면 그 전제로서 자신은 타자를 '알지 못한다'는 것을 알아야 한다. 알지 못하므로 상상한다. 알지 못하니 무시하는 것이 아니라 알지 못하니 알려고 한다. 전부 알 수는 없어도 무언가 알게 될 것이고, 알고 싶다고 생각하는 것. 여기에 '자비'의 핵심이 있다.

즉 '당신은 내가 전부 알고 있다'는 식의 말을 하는 사람은 애정은 있을지 모르지만 자비 있는 사람은 아니다. 그것은 하나의 지배이다.

우선 그곳에 사람이 있다는 것의 의미를 상상할 수 있을 것. 어떤 인간이 그곳에 있다는 것 자체가 대사건이라고 상상할 수 있을 것. 그럼에도 근본적으로는 그 사람을 '알지 못한다'고 생각한다. 부모건 내 자식이건, 그 사람은 정말로 알 수 없는 사람. '알지 못한다'는 것은 타자를 이해할 때의 기본이다. 뭐든 알아버린다면 상상력은 필요 없다.

어쨌든 나와는 다른, '알지 못하는' 타자로서 그 사람이 그곳에 있다는 것을 인정한다. 내가 생각하는 사람과는 실제로 다를지도 모르겠다는 점을 머리 한구석에 남겨둔 채 교제한다. '사람 모두 이런저런 일로 힘들겠군, 고생하겠군' 하고 상상할 수 있는가라는 말이다.

어느 80살 넘은 홀몸의 노인 집에 독경을 하러 갔을 때의 일이다. 독경을 끝내고 차를 마시고 있는데, 돌연 노인이 "아, 스님, 어떤 집에도 걱정거리가 있습니다. 걱정 없는 집은 없지요"라고 말했다.

이것이다. 아주 큰 집에 살며 행복하게 보여도 실은 어떤 걱정이 있을 것이라는 상상력. 어떤 사람도 모두 걱정스러운 무언가를 품고 산다고 생각할 수 있는가. 이것이 사람을 존경한다는 것이다.

'존경하는' 관계의 정반대에 있는 것이 상대를 지배하려는 감정이다. 그곳에는 왕따나 차별 등의 문제도 발생한다. 왕따는 어른 사회에도 있는데 차별과 비슷하여, 이것은 인간 실존의 근저에 뿌리박힌 문제다.

물론 개개의 왕따, 차별은 해결하기 위해 노력해야 하며, 꼭 해결해야 할 문제라고는 생각하지만, 그 자체를 사회에서 없애는 것은 불가능에 가깝다. 왜냐하면 안타까운 일이지만 타인을 지배함으로써 자기의 존재 이유를 확인하는 사람도 있기 때문이다.

예를 들면, 회사에서 필요 이상으로 부하를 계속 괴롭히는 상사가 있다고 하자. 일종의 왕따라고 할 수 있다. 그는 왜 그렇게 부하를 괴롭히고 싶은가. 당하는 쪽의 치유도 어렵지만, 괴롭히는 쪽의 치유가 근원적인 문제다. 어쩌면 그도 사회나 가족에게 심한 괴롭힘을 당하고 있는 게 아닐까.

차별의 문제도 그렇다. 예를 들면, '핏줄'의 차별. 이때의 '피'란 도대체 무엇인가. 사람에 따라 몸에 흐르는 혈액에 차이가 있다는 말인가. 혈통이란, 정체가 명확하지 않은 단순한 관념이다. 그렇다고 하면, 그 관념을 떠받치는 구조가 문제다. 그것을 욕망하는 사람이 있다는 말이다.

차별받는 쪽은 극히 부당한 대우를 받는 것이므로 그 자체가 큰 문제다. 그러나 더욱 근원적인 문제는 차별하는 쪽에 있다.

우리의 실존은 늘 '관계성' 안에 존재한다. 불교에서 말하는 '연기'이다. 인간관계라고 하는 것은, 인간과 인간이 있으므로 관계가 생기는 것이 아니다. 관계하기 때문에 인간인 것이다. 그러므로 '존재하는 것=관계하는 것'이라고 나는 생각한다. 인간뿐 아니라 사물과의 관계도 포함된다. 모든 사물(예를

연기(緣起) : 모든 현상은 무수한 원인(因)과 조건(緣)이 상호 관계하여 성립되므로 독립적·자존적인 것은 하나도 없고 모든 조건·원인이 없으면 결과도 없다는 설이다.

들면, 돈)과의 관계의 부조화가 실존의 부조화로 연결된다.

우리가 '관계성' 안에서 실존한다고 했을 때, 대등하지 않으면 충실한 인연은 되지 못한다. 지배와 피지배의 구조에 편입되어버리면, 그 관계성은 지배자의 안으로 접수되는 방향으로만 움직인다. 좀 더 말하자면, 관계를 소멸시키는 방향으로만 움직인다.

어떤 관계성을 유지하기 위해서는 대등성이 필요불가결하다. 그 대등성의 근거로서는 판단·선택의 여지가 남아 있는 것이 필요하다.

즉, A의 제안을 그대로 받는 것이 아니라, A의 제안에 대해 B가 태도를 결정할 수 있다는 것이다. A의 말을 B가 생각해서 응답할 수 있는 관계, 그것이 인간관계의 기본이라고 한다면, 그것은 도의道義라고 이름 붙여도 좋을 듯하다. 요컨대 서로 상대의 입장을 존중하는 것이 중요하다고 생각한다.

그런데 차별이란 어떤 것을 의미할까.

석가는 인도의 카스트 제도를 부정했다. 카스트는 원래 '혈통'을 나타내는 단어에서 유래했다. 그 제도는 '인간의 존재에는 혈통이라는 근거가 있다'라는 입장이다. 이것을 부정했다. 석가는 혈통이건 뭐건 무릇 존재의 근거는 있다고도 없다고도 할 수 없다는 입장이었다.

한편으로, 석가는 출가하는 인간과 출가하지 않은 인간을 명확히 구별했다. 그리고 쌍방에 대해 크게 다른 설교를 하였다. 출가자와 재가자在家者는 품고 있는 문제가 다르므로, 같은 설교를 공유할 필요는 없다고 생각했던 것이리라. 그러나 이것은 차별이 아니다. 출가 여부는 본인이 선택할 수 있는 것이기 때문이다.

좀 더 알기 쉽게 예를 들면, 양손이 의수인 사람이 프로야구 선수가 될 수 없는 것을 차별이라고 말하는 사람은 없다. 프로야구는 최고의 플레이와 퍼포먼스를 보기 위해 관중이 돈을 낸다. 프로야구 선수는 그래서 돈을 번다. 설령 의수를 한 사람이 현역 선수와 동등한 플레이가 가능한데도 프로야구 선수가 되지 못한다는 상황이 있고, 또한 "이건 부당하지 않은가?"라고 주장하고, 분명 그렇다고 인정하는 제3자가 있다면, 그때 비로소 차별이 생긴다.

혹은 회사 안에는 사장이 되는 사람과 되지 못하는 사람이 있다. 그것은 차별인가. 조직에 사장 따위 없는 편이 잘 돌아간다고 모두 생각하는 상황에서 강제로 사장을 만든다고 한다면, 차별 문제로 부상할 가능성은 있다. 그러나 회사 같은 조직을 움직일 때는 사장이 있는 편이 합리적이라고 모두 생각한다. 그렇다면 사장과 종업원이 구별되는 것은 당연하며, 급여와 대우의 차이가 너무 크다고 말할 수는 있어도, 그것은 별도 문제이지 차별은 아니다.

즉, 어떤 구별이 공동체 안에서 합리적으로 승인된다면 그것은 어디까지나 '구별'이지 '차별'은 아니다. 물론 시대와 조건이 달라, 그때까지 구별로 받아들여졌던 것이 그 근거에 합리성이 없다고 하여 차별로 전환되는 수도 있다.

이렇게 보면 차별과 구별도 실체가 있는 문제가 아니라, 관계성의 안에서 생기는 것이다. 당사자만이 아니라 그 관계를 바라보는 제3자가 "이것은 바르지 않다, 불합리하다"라고 소리칠 때, 경우에 따라 당사자 간의 '오해'나 '감정적 대립'처럼 간주하기 쉬운 사태가, 그 사회가 반드시 해결해야 할 '차별 문제'로 새롭게 부상한다.

실제로 문제를 당사자에게만 떠맡기면, 특히 차별로 괴로워하는 쪽의 변명이 '이기적'이라든가 '왜곡'되었다든가 하는, 부당한 중상을 받으며 방치될 수 있다.

성희롱이나 갑질의 문제, 왕따의 문제도 뿌리는 같다. 관계성의 문제다. 또한 어느 것도 실존의 문제와 관련된다는 점에서 공통적이다. 이것은 양자만의 사이에서는 간단히 해결되지 못한다. 부당하다고 인정하는 제3자가 개입하여, 특히 가해자

쪽의 문제를 충분히 살펴보고 "불합리하다"라고 소리칠 때 비로소 해결은 가까워진다.

바른 신앙은 '사람'이 아니라 '가르침'을 본다

지배·피지배의 관계에서 주의해야 할 것이 광적인 신앙 집단이다.

고교 시절, 매우 존경한 목사가 있어서 그분을 흠모하여 기독교에 입교하려던 적이 있었다. 그러나 그분은 "신앙이란 신을 믿는 것이지 사람을 믿는 것이 아니다"라고 말하며 나를 만류했다.

지금 생각해보면 감사한 일이었다. 바른 신앙은 '사람'이 아니라 '법'을 믿는 것이다. 당시의 나는 그 목사가 '안심하고 고민할 수 있는 사람'이라는 느낌이 들어 동경심을 갖고 바라보았다. 그러나 그것은 기독교 자체에 공감했다는 의미는 아니었다.

바른 종교인이란 이런 말을 할 수 있는 사람이다. 불교에서도 바른 승려는 "내가 아니라 석가의 가르침을 믿으라"라고 말한다. 자신에게 귀의했다고 기뻐하는 사람은 어느 날 갑자기 "나야말로 석가다", "내가 바로 신이다" 등의 말을 내뱉을 수도 있다.

그러므로 바르지 않은 종교인이란 어떤 사람인가 하면, 걸핏하면 "나를 믿기만 하면 된다"라고 말하는 사람이라고 생각하면 된다. 어떤 사람이 절대로 바르다고 믿으면, 그 사람의 말에 대해 신자가 판단할 여지는 없어진다.

일단 그 상태에 빠지면, 교주가 어떤 악행을 저질러도 이미 뒷걸음을 칠 수 없게 된다. "무언가 교주님에게 깊은 생각이 있어 살인을 하시겠지"라고 말하며 행동으로 옮긴 것이 옴진

· 법(法): 부처의 가르침이나 계율. 여기서는 불교에 한하지 않는 모든 종교의 가르침이나 계율을 말한다.

리교*일 것이다.

최종적으로는 믿고 있는 자신을 믿고, 이미 교주를 믿지 않아도 일단 믿은 자신을 배신할 수 없게 되어버린다. 완전히 자기비판의 시점을 잃어버려 궁극의 나르시시즘에 빠진 상태이다.

게다가 본인은 나르시시즘에 빠졌다고 생각지 않는다. 매우 가치 있는 것을 믿고, 그것에 따라 살고 있다고 굳게 믿는다. 나르시시즘이 때로는 폐해가 되는 것은 '신념'으로서 나타나기 때문이다.

어떤 '신념'에 한번 매달리게 되면, 그것이 인도하는 앞길이 자신의 생활이나 인생에 부담이 된다고 해도 좀체 버릴 수 없게 된다.

왜 '사람'이 아니라 '법'을 믿는 것이 중요한가 말하자면, 그 것을 생각하는 것을 통해 자신을 객관적으로 보는 안목이 키

---

* 옴진리교(オウム真理教) : 1984년 만들어진 일본의 종교단체로 1995년 3월 20일 도쿄 지하철에 사린가스 살포 테러를 저질러 12명이 죽고 수천 명이 부상했다.

워지기 때문이다. 애초 어떤 가르침에 접한다는 것은 그 가르침을 통해 자신을 객관적으로 보게 하는 것에 의미가 있는데, "내가 절대다"라고 말하는 교주나 지도자의 아래에 있으면 그것이 차단되어버린다. 생각하는 것도 점차 포기하게 된다. 그쪽이 실제로 마음이 편하기 때문이다.

최근 신흥 종교의 문제를 볼 때마다, 나는 종교나 종교인을 객관적·구체적으로 비판하는 자리는 없는가 생각하게 된다. 영혼은 예수로부터 구원되었으나 육신은 아직이다. 그 육신까지 구하는 자가 바로 교주로, 그 방법이 섹스다⋯⋯. 매스컴이 전한 모 집단 의 교리가 말 그대로라면, 이처럼 바보스러운 교리를 굳게 믿게 되어도, 그런 농간의 전前 단계는 있을 것이다. 믿기 전의 단계에서 가르침이나 교주를 상대화하는 시점을 가진다면, 이야기는 이처럼 단순하게 흘러가지는 않았을 것이라고 생각한다.

모 집단 : 일본 아키타현에 있는 '리틀페블동숙회'를 가리키는 듯. 2007년 잡지 《주간포스트》에 'SEX교단'으로 소개되어 큰 반향을 일으켰다.

나는 어떤 사상이나 종교의 가치를 정말로 자신의 것으로 하기 위해서는, 자신과 그 가르침의 관계를 살펴볼 필요가 있다고 생각한다. 특히 지금의 젊은이는 종교에 대한 면역이 적은데, 그래서 더 어릴 때부터 종교인과 접하며 종교란 무엇인지 알았으면 하는 바람이다.

인생의 판단을
타인에게 맡기지 마라

또 하나 말하자면, 과도한 돈을 요구하는 종교인도 의심해봐야 한다. 사기 같은 이야기를 들을 때마다 내가 항상 생각하는 것은, 그만치 보편적으로 좋은 이야기라면, 그건 이해득실을 넘어선 것이라 할 수 있다는 것이다. '이것은 세상에서 절대 필요하다'고 생각한다면, 돈을 받지 않아도 사명감만으로 줄 수 있을 것이다. 즉, 이념을 돈으로 계산한다는 발상이 생긴 시점에 그것은 이상한 것으로 변질한다.

종교인이 일체 돈을 받아서는 안 된다는 말이 아니다. 그러나 과도한 돈을 요구하고, 게다가 그것을 주지 않으면 은총을 받지 못한다고 말하는 것은 협박과 다를 바 없다.

종교인이란 자신의 수중에 돈이 많을수록 종교적인 파워는 잃게 되며, 주위의 경의도 잃게 된다는 것을 나는 실감한다. 돈에 집착하거나 돈을 교환 조건으로 내거는 종교인은 그 시점에서 종교 지도자의 조건을 충족하지 못한다고 생각해도 틀림없다.

이것은 길가의 점술사에게도 같은 것이다. 과도한 금품을 요구하는 사람, 무엇을 기준으로 말하는지 확실히 설명하지 않으면서 "나를 믿으면 된다"라고 단언하는 사람은 주의해야 한다. 믿을지 말지는 애초 내 마음에 달린 것이다.

혹은 누군가의 말을 그저 전달할 뿐이라고 말하는 사람. 그래서 전혀 사리사욕이 없다고 한다면, 신용할 수 있을지도 모르겠다. 장사도 취미도 아니고 일종의 사명감으로 하는 사람,

강제도 아니고 단지 요구받는 대로 혹은 나머지 판단은 맡긴다는 입장으로 말하는 경우, 그래서 듣고 있는 쪽에 이점이 있다면, 부정할 생각은 없다.

그러나 전혀 의심하는 것을 모르는 사람은 "내 말을 들으면된다"라는 자신만만한 말을 들으면 속기 쉽다. 말하는 쪽도 자신의 거짓말을 전적으로 믿게 할 수 있는 능력이 있다면, 말에 주저함이 없으며 설득력을 가진다.

이러한 사람은 거리를 두고 교제하는 정도는 괜찮을지 모르지만, 신자가 되어버리면 곧바로 지배·피지배의 관계에 빠지게 된다.

인생에 싸구려 대답을 구해서는 안 된다. "이것을 먹으면 잘 듣습니다"라는 건강식품이 일시적인 위안에 불과한 것처럼, 초조하게 두리번거리고 있으면 "이것 한 방으로 인생의 문제가 해결됩니다"라는 경박한 처방전에 낚여버린다.

이 장의 마지막에 '분노'라는 감정에 관해서도 잠시 말해두고자 한다. 왜냐하면 요 몇 해 사이 발생한 미얀마의 시위나 티베트의 소요 사건도 있어 '분노'라는 것을 많이 생각하게 되었기 때문이다.

인간이 분노하는 것은 '자신이 옳다'고 믿거나 적어도 '틀리지 않았다'고 생각할 때이다. 즉, 그 시점에 어떤 '신념'이 있는 사람만이 분노할 수 있다. 그렇다면 '신념' 그 자체가 아이덴티티(정체성)의 핵심인 종교인이 분노를 느끼는 경우도 있는 것은 어쩔 수 없다고 생각한다.

단, 무상과 무아를 말하는 불교에서는 '무조건 절대적으로 옳은 것'은 착각이라고 말한다. 그렇다면 자신의 신념이 부당하게 훼손되었다고 느끼는 인간이 자신의 정당성을 근거로 타자를 공격하거나 배제하는 행위에 이르는 것은 거부되어야 한다.

단지 어떤 신앙을 가진 사람이 그 신앙 때문에 박해를 받았을 때, 무저항으로 있는 것은 신앙인으로서 바른 태도인가.

어느 날 노스님이 말했다.

"나 정도 나이가 되면 탐욕도 성욕도 거의 없어진 것과 다름없으니 자연히 계율도 잘 지킬 수 있게 되는데, 단 하나 '화'는 아무리 나이를 먹어도 도저히 안 된다네. 세상을 보면 화가 나서 참을 수가 없다네."

"그것은 스님이 세상을 걱정하고 있기 때문이겠지요. 화를 내도 옳은 말을 하시는 것이니 괜찮지 않습니까?"

그렇게 내가 말하자, 노스님은 이렇게 대답했다.

"그건 아닐세. 정말로 옳다면 그것은 반드시 타인도 이해할 수 있을 터이니, 조용히 설득해야 할 것이야. 화를 낸다는 것은, 자신이 옳다는 것이 당연하다고 굳게 믿고, 말이나 힘으로 남을 공격하는 것이지. 세상의 이야기는 될 수 있어도 부처님 세계의 이야기는 되지 못하네."

사람의 분노에 도리가 있을 때도 많이 있을 것이다. 그러나 도리는 도리이기 때문에 말로 설득하여 이해를 얻어야 한다. 이것은 순간의 감정을 넘어서야 한다. 그것은 특히 승려에게 요구된다고 생각한다.

종교인은 부당하다고 믿는 압력이나 방해를 받았을 때, 그 부당함을 말로 호소해야 한다. 그리고 압력에도 방해에도 절대 굴하지 말고 복종해서는 안 된다. 즉 분노를 설득으로 바꾸고, 부당한 힘에 대한 저항은 불복종으로 나타내는 것이 종교인으로서 적절한 행동이라고 나는 생각한다.

이것을 미얀마나 티베트의 소요 사태에 비추어서 말하자면, 집회 등에 의한 언론에서의 주장이나 비폭력에 의한 시위 행진 정도가 종교인의 직접 행동의 한계라는 것이다.

그렇다면 현재 일본에서 충분한지 아닌지 논란이 나뉠 수 있지만, 신앙의 자유는 물론, 나름대로 확보된 언론의 자유, 집회의 자유 등은 우리 종교인에게도 큰 사회적 재산이라 할 수 있다.

나는 미얀마나 티베트 승려의 심정을 헤아려볼 때, 동정과 공감을 금할 수 없다. 그리고 눈을 돌려 나의 몸을 돌아보면, 과연 장래 내가 일본에서 같은 입장에 서게 되었을 때, 정말로 설득과 불복종을 관철할 수 있을 것인가. 매우 자신 있다고는 말하지 못하겠다.

이 문제는 남의 일처럼 말할 수 있는 것이 아니다. 여기서 생각을 말하는 것은 가능해도 그것을 현실로 실행해야 할 때가 온다면, 구체적으로 어떤 각오를 하고 어떤 방법을 택하면 좋을지 계속 생각하고 있다.

강한 분노가 생길 때의 대처법

승려가 아니라도 '분노'의 본질은 같다. 사람은 자신이 바르고 상대가 틀렸다고 생각하므로 분노한다. 그렇다면 자신이 바르다고 생각하는 것은 확실히 전달하여 상대가 잘못을 이해하도록 해야 한다. 즉 분노 자체는 감정이겠지만, 분노의 원인이 되는 것은 본질적으로 이성적인 사안이다.

흔히 "너를 위해 말하는 거야!"라고 자식에게 화내는 부모가 있는데, 자식의 무엇을 생각해서 부모가 화내는지 이해할 수 없고, 그것이 확실히 자신을 위한 것이라고 자식이 이해할 수 없다면, 애초에 말이 되지 않는다. 그럴 때는 분노의 목적에 분노의 감정은 방해가 된다. 이것이 분노의 어려운 부분이다.

선도량에서 후배를 지도해온 경험상, 강한 분노가 생긴 때의 대처법으로 내가 유효하다고 생각하는 것이 세 가지 있다.

첫 번째는, 몸의 자세를 바꾸는 것이다. 강한 분노는 아래에서 치밀어 오른다고 느껴져, 자세를 위쪽으로 유도한다. 즉, 사람은 심하게 화가 나면 똑바로 서려고 한다. 그러므로 그 반대로, 의자에 앉거나 가능하면 마루나 지면에 궁둥이를 붙이고 앉는다. 그러면 감정의 압력은 반드시 크게 떨어진다. 적어도 분노의 이유, 상대의 이해를 바라는 자기 생각을 어느 정도 정리할 여유가 생긴다.

그 의미에서 타인의 분노를 가라앉히려고 할 때 "그래, 그래" 말하면서 손바닥을 아래로 향하고 상대를 앉히면 효과가 있다. 감정을 제어하는 경우, 감정 자체를 어떻게 하려고 해도 대개 잘되지 않는다. 오히려 행동 양식을 바꾸는 쪽이 훨씬 유효하다.

두 번째는, 한 번은 용서하겠다고 처음부터 결심하는 것이다. 이유와 사정은 일절 묻지 않고, 자신의 책임으로 처리할 수 있는 범위 내에서의 실패나 불미스러운 일인 경우, 그것이 처음이라면 모두 용서해준다. 이것도 자신이 '옳다'는 것을 충분히 검토할 시간을 부여해준다. 이런 검증이 중요하다. 그것이 다시 발생했을 때 상대에 대한 설득력이 훨씬 높아져 분노의 감정을 대폭 절약할 수 있다.

세 번째는, 자신이 화내는 이유가 자신과 상대뿐 아니라 이해관계가 없는 제3자가 들어도 이해할 수 있는지 생각해본다. 요는 "화를 내도 당연하다"라고 옆에서 듣고 있는 남들이 말해주는지의 여부이다.

이것이 필요한 것은 분노가 도리의 주장을 목적으로 하는 이상, 사람의 기호나 개인적인 악감정 등이 섞이면 결코 상대의 이해를 얻지 못하기 때문이다. 도리가 도리로 보이지 않게 되어버린다.

분노뿐 아니라 호오好惡의 감정이나 증오는 극히 높은 확률로 판단을 그르치게 한다. 중요한 국면일수록 그렇다. 이것은 지도자로서 반드시 피해야 한다.

한편, 분노의 원인 제공자는 반발하기 전에, 상대가 화를 낸다면 그 나름의 도리가 있다고 생각하고 우선 그 도리를 이해하려고 한다. 그러면 적어도 열에 두셋의 도리는 반드시 있을 것인데, 그 두셋이 실은 중요한 것일 수도 있다.

제7장

힘든 시대를 어떻게 살아갈 것인가

앞으로의 시대를 살아가는 데 요구되는 것은 교양이라고 생각한다. 위정자에게는 그것이 한층 강하게 요구되는데, 유감스럽지만 일본의 지금 정치인에게는 인간과 역사에 관한 교양이 결정적으로 부족한 듯하다. 그것은 정치인 탓만도 아니다. 일본의 사회가 교양 있는 정치인을 필요로 하지 않는 것이다.

교양이란 자기와 세계, 무엇보다도 그 관계성을 비판적으로 보는 힘이다. 즉, 정말로 이것이 바른지 의심하고 자기비판을 하는 힘이다. 이것은 실제로 에너지가 있어야 하는 것이므로 그리 간단히 체득할 수 있는 것은 아니다. 그러나 적어도 지도자로서 책임 있는 자리에 있는 사람에게는 필요한 자질이다.

과거 '뒷골목의 노인'이 살았던 시대에는 그런 사람이 많았던 것 같다. 지금도 적지 않다고 생각한다. 단, 그런 교양 있는 사람을 존중하지 않는 사회가 된 것이 아닐까. 교양 있는 사람보다 요령 좋게 돈 잘 버는 사람을 존중하는 사회가 된 것이다.

그러나 앞으로는 다르다고 생각한다. 교양 없는 위정자는 국가에 치명적인 흠이 될 것이다. 또한 욕망을 노골적으로 드러내는 시장 최우선의 사회를 바꾸지 않는 한, 살기 편한 사회는 될 수 없다. 시장 원리는 경제 분야에 한정되어야 한다. 그것이 사회규범이 되어버리면 파멸의 길로 갈 뿐이다.

지금은 정보화 사회 등을 말하는데 그 의미도 다시 검토할 시기가 오지 않았을까.

정보는 그 자체로는 무의미하다. 유익한지 무익한지, 유용한지 무용한지 판단하고 선별함으로써 정보는 의미를 얻는다. 판단의 기초가 되는 것은 지식이다. 정보는 지식에 의해 정보로서 성립된다. 실제로 주식 지식이 없는 자에게 주식 정보는

---

* 뒷골목의 노인 : 일본 전통의 만담인 라쿠고(落語)에서 '뒷골목의 노인'은 주로 지혜롭고 박학다식한 등장인물.

무의미하다. 애초 그에게는 주식 정보는 존재하지 않는 것과 같다.

그럼 유익한지 무익한지 판단하는 지식은 무엇에 토대를 두는가. 나는 그것을 지혜라고 부르고 싶다. 무엇이 유익한지 무익한지 판단하는 사람에게는 확실한 가치관이 있어야 한다. 가치관은 결국 '어떻게 살 것인가'라는 그 사람의 물음만을 통해 만들어진다. 지혜는 이 물음의 과정에서 짜내어진다. 이 지혜의 축적이 교양의 형태를 만들어간다.

세상의 정보 대부분은 몰라도 되는 것, 혹은 모르는 편이 좋은 것이다.

오소레산에 숙박하는 참배자 중에는 며칠이나 묵는 사람도 있다. 그 사람은 일시적으로 '정보 소외'의 상태가 된다. 오소레산에서는 핸드폰과 인터넷이 연결되지 않고 텔레비전과 라디오도 잘 나오지 않는다.

예전에 나흘을 묵은 사람이 북한의 미사일 발사에 관해 돌아가는 날까지 전혀 알지 못했다. 속세에서는 매일 뉴스로 나왔다. 그것을 돌아가는 길에 내가 알려주니 그는 매우 놀랐다.

같은 일이 선도량에서도 일어난다. 내가 수행하던 시절, 어떤 사람은 소련의 붕괴를 모른 채 수행을 끝내고 내려가 곧바로 기업에 취직했는데, '러시아'라고 표기된 지도를 보고 "왜 이런 옛날 지도를 쓰고 있죠?"라고 질문하여 상사와 동료를 폭소하게 했다. 우주왕복선의 추락을 몰랐던 자도 있었다. 나아가 옛날에는 유명한 '아사마 산장 사건'을 전혀 몰랐던 자도 있었다고 한다.

그런 곳에 머무는 것이 길어지면 어느새 '몰라도 된다'는 마음이 된다. 나흘이나 묵은 사람도 한번 놀람을 말한 후에 "뭐, 알았다고 해도 어떻게 되는 것도 아니죠"라고 말했다. 바로 그 말 그대로다.

특히 텔레비전 등에서 일방적으로 받기만 하는 정보는 대

아사마 산장 사건 : 1972년 2월 19일 일본 나가노현 아사마 산장에서 적군(赤軍)의 일부 세력인 연합 적군이 일으킨 인질 사건. 강제 진압으로 종결되었으나 경찰 2명, 민간인 1명이 사망했다. 상황이 전국에 TV 중계되었다.

부분 몰라도 된다. 텔레비전을 부정하는 것은 아니다. 실제로 나도 어릴 때는 텔레비전 마니아였다. 단, 대중매체는 근본적으로 정보의 거래를 베이스로 하는 매체이므로, 팔고 사는 프레임 속에서 모든 것을 정보, 즉 상품으로 한다는 것을 이해해야 한다.

한편, 모르면 안 되는 것, 알아두어야 할 것을 찾는 것은 중요하다. 그것이 '자립'을 의미하기 때문이다. 자립에는 지혜가, 교양이 필요하다.

단, 자신이 정말로 필요로 하는 정보는 자신이 직접 구하고 마주해야 의미가 있다.

어른은 얼마큼 위기감을
공유할 수 있나

지금 일본이 직면한 큰 문제는 어떻게 어려움을 재분배할 것이냐에 있다. 저출산·고령화·인구감소, 나아가 기후변동의 환경문제에 수반된 사회의 변화는 지금까지 경험한 적 없는 어려움을 초래하고 있다. 그 어려움을 어떻게 나눌 것인가.

지금까지 일본 정치의 근간은 경제성장의 과실, 즉 이익을 어떻게 국민에게 재배분할 것인가에 있었다. 분배되는 이익의 규모에 차이가 있다고 해도 누구나 이익을 손에 넣을 수 있었으니, 최종적으로 사람들의 불만이 위험한 수준까지 팽창한 적은 없었다.

그러나 어려움의 재분배 문제가 되면 이야기는 달라진다. 어떤 작은 어려움이건 떠맡고 싶지 않은 것이 인지상정이다. 그것을 국가 규범으로 재분배하려면 정치인에게는 상당한 결의와 정직하고 명확한 말이 필요하다.

또 한편, 우리도 어려움의 재분배에 임하는 정치인을 지지할 각오를 해야 하지 않을까.

나는 지금의 일본은 다소 가난해져도 괜찮다고 전 국민이 각오해야 한다고 생각한다. 항상 경제는 상승해야만 한다고 하는데 과연 그럴까. 실제로 1970년대 초반의 생활수준으로 돌아간다고 해도, 세탁기와 냉장고, 텔레비전이 집에 하나씩은 다 있는 생활이다.

지금 돈 이외에 가치 있는 것이 세상에 많다는 것을 가르치지 않는다면, 취직에 실패하면 세상 모든 것이 끝이라고 생각하는 청년이 얼마든지 나올 것이다. 지금의 사회는 허약한 사춘기 청년을 배려하기에는 너무나 난폭한 사회이다. 그것을 진심으로 바꿀 마음이 있다면, 경제가 풍요롭게 될지 말지는 둘째 문제일 것이다.

나는 인간의 모습을 규정하는 세 가지 요소가 있다고 생각한다. 간단히 말하자면, 첫 번째가 '심신 구조', 즉 우리의 마음(의식)과 신체. 두 번째가 '사회·경제 구조'. 우리는 돈을 벌어야 살 수 있다는 것이다. 세 번째가 '언어 질서'. 우리는 언어 속에서 태어나 언어를 통해 다양한 것을 배우게 된다.

이런 세 가지 요소는 실제로 밀접하게 연결되어 있어, 인간이 존재하는 '괴로움苦'을 만들어내고 있는데, 지금은 두 번째의 '사회·경제 구조'가 눈에 보이게 큰 왜곡을 일으키고 있는 것이 아닐까.

즉, 어린이이건 아기이건 경제 주체로서만 사람을 본다. 경제 주체인 것 자체는 당연하지만, 그 의미가 너무 비대해졌다고 생각한다. 그것이 인간으로서의 실존의 밸런스를 무너뜨리고 있다고 생각하지 않을 수 없다. 환경과 자원의 문제를 보면 일목요연하다. 이것은 먼저 풍요롭게 된 사람이 지금보다 가난해질 각오를 하지 않는다면 해결되지 않는다.

문제는 지금이 어느 정도 어려운 상태인지를 파악할 수 있는 지도자의 존재 여부다. 정말로 심각한 문제가 무엇인지 볼 수 있는 정치인과 지도자가 있다면, 국가와 기업은 바뀔 것이다.

편리하기에 불편해진다

개인의 '발상의 전환'도 강요되고 있다. 한번 생활수준이 올라가면 다시 내려가지 못한다고 생각하기 쉬운데 정말로 그럴까. 휴대전화가 없으면 아무것도 할 수 없다고 말하는 사람이 있는데 해본 적은 있는가. 휴대전화를 갖게 되어 생활이 정말로 풍요롭게 되었다면 그것으로 좋다. 그러나 휴대전화로 해결할 정도의 내용은 실제로 대단한 일이 아니다.

지금은 '여분의 것'을 줄이기보다는 '필요한 것'을 줄이는 단계이다. 그런 발상의 전환이 필요하지 않을까. 그렇다고 해서 휴대전화를 없애자는 말은 아니다. 자본주의의 경쟁 사회에서 비즈니스맨으로서 상담을 하는 사람에게는 그것이 갖는 의미는 전혀 다를 것이다. 그러나 비즈니스는 인간 사회의 어느 한 면이지 모든 것은 아니다.

휴대전화로 해결할 내용이라면 대단한 일은 아니라고 생각할 정도의 마음가짐이 좋다고 생각한다. 곰곰이 생각해보면 절대시할 정도의 것은 아니다.

내가 휴대전화를 갖게 된 것은 매우 늦어 아마도 3, 4년 전부터라고 생각한다. 전화에 압박받는 느낌이 싫었고, 편리할지 모르지만 없어도 별로 곤란할 것은 없다는 것이 당시의 생각이었다.

이 생각은 지금도 다르지 않다. 정말로 필요한 연락이라면, 나나 상대도 반드시 어떤 방법으로든 전할 것이기 때문이다. 그러므로 편리하다고 해서 반드시 사용할 이유는 없다고 본다. 편리하지만 필요 없다는 생각이다.

생각은 그것으로 좋으나 실제로 문제가 되는 것은, 편리한 것이 편리하므로 더욱 보급되면서 사회는 모두가 그것을 갖고 있다는 것을 전제로 움직이게 된다는 것이다. 그렇게 되면 이번에는 단지 '편리'하였던 것이 '필요'한 것으로 바뀐다.

문명사회가 한없이 '편리함'을 추구하면, 한없이 '필요한 것'이 늘어나게 된다. 그러나 세상이 '필요한 것'으로 가득 차면, 이만치 불편한 것은 없다.

그래서 중요한 것은 '필요'를 판단하는 기준이다. '필요한 것'의 증식에 제동을 거는 사고방식이다. 이것은 개인의 가치관과 사회의 합의가 있어야 형성될 것이다.

해결하기 어려운 환경문제의 본질도 여기에 있다. 우리는 '편리한 것'을 참으면 되는 것이 아니라, 지금은 '현재 필요하다고 생각한 것(믿는 것)'을 버릴 각오가 필요한 단계라고 생각한다.

무엇을 얻으려면
무엇을 버려야 한다

필요한 것을 끊는다, 자른다는 것은 단지 인내를 말하는 것이 아니다. 그래서는 결국 견디지 못하게 된다. 사람이 과감히 필요한 것을 자를 수 있는 것은, 더욱 필요한 것을 향해 갈 때라고 생각한다.

'소욕지족'이라고 하는데, 이것은 목표로 내거는 것이 아

소욕지족(小欲知足) : 적은 것에 만족하는 것.

니라 무언가의 결과로 생기는 것이다. 다시 말해 어떤 것을 추구하면, 그것을 위해서는 희생해야 할 것이 있으니 더욱 열심히 노력하게 된다. 무언가 '목표로 하는' 것이 먼저 있고, 그것을 위해 무언가 '자르는' 것이다. 그저 인내만 강요해도 의미가 없다.

욕欲의 정체도 모르면서 "욕심이 적다"든가 "만족을 알아야 한다"라고 말하면, 무엇이 적고 무엇이 충분한지 판단할 기준이 없다. 어떤 가치를 추구할 때, 그 결과 인내해야 할 것이 있다는 것이 본래의 의미일 것이다. 예를 들면, 불도를 추구하는 까닭에 소욕지족이 필요하다고. 혹은 일본 사회에서 어린이가 바르게 자라기를 진심으로 바란다면, 혹은 인간으로서 좀 더 편안하게 죽기를 원한다면, 그것을 위한 희생을 치러야 한다.

어린이가 바르게 자라고 사람이 더욱 편안하게 죽는 사회가 된다면, 설령 지금보다 생활수준이 내려간다고 해도, 그것을 위한 희생은 치러야 한다.

그것을 위해, 우선 지도자와 어른이 각오해야 한다. 부모가 자식의 휴대전화를 빼앗고는 부모만 계속 사용한다면 설득력이 부족하다. 휴대전화에 의존하는 아이가 바르지 않다고 말하려면, 우선 어른이 희생을 치러야 한다. 그렇게 하지 않으면 아이도 수긍하지 못한다.

텔레비전이나 게임에 관해서도, 학급 모두가 보고 있고 모두가 가지고 있는 것을 그만두게 하려면, 어른은 아이를 설득할 정도의 세계관을 가져야 한다. 타이밍도 중요하다.

텔레비전이 주는 정보 이상으로 무언가 추구한다면, 그것을 구체적인 형태로 보여줄 때 아이는 이해할 것이다. 독서도 음악도 뭐든 좋다. 텔레비전이 시시하다고 아이 스스로 실감할 수 있는 무언가를 대신 만들어준다면, 학급에서 고립을 느끼지 않을 것이다.

실제로 텔레비전보다 피아노가 좋다는 아이가 있다. 그런 아이는 음악을 통해 타자와 접할 수 있는 장소만 있으면, 학교에서 텔레비전의 화제에 끼어들지 않아도 태연하다. 텔레비전 이야기만 하는 아이를 유치하다고 느낄 수는 있어도, 자존감에 상처받지는 않는다.

아이를 관심 있게 관찰하고 있으면, 그냥 욕심내고 있는지, 정말로 좋아서 욕심내고 있는지 알 수 있다. 그리고 정말로 좋은 것이 발견되었을 때 부모는 막지 말아야 한다. 정말로 좋아하는 것은, 본인은 잘 모르겠지만, 삶의 질을 바꿀 정도의 힘이 있다.

나는 나의 아이 가 뭐든 좋으니 하나쯤 평생 좋아하는 것을 찾기 바란다. 이것을 하고 있으면 행복하고, 그것에 의해 타자와의 인연이 풍요롭게 되는 것, 그것 하나만 있으면, 장래 어떤 일이 있어도 살아갈 수 있다고 생각하기 때문이다.

· 나의 아이 : 일본도 불교 도입 시에는 독신이었으나 메이지 5년(1872년)에 승려의 대처를 허가했다.

법회를 하러 어느 신도 집에 갔을 때의 일이다. 친척도 많이 모인 법회로, 무사히 독경이 끝나고 좌석을 정리한 후에 재齋(식사 공양) 시간이 되었다.

식사 중간에, 술도 적당히 마셨는지 집주인인 신도는 좋은 기분이 되어 손님 자리를 돌며 술을 따라주었다. 그러다가 내 앞에 와서 갑자기 진지한 얼굴로 이런 말을 했다.

주지 스님, 오늘 대단히 감사합니다. 친척들도 많이 왔으니 돌아가신 할아버님도 기뻐하시리라 생각합니다.

할아버님은 제가 초등학교 때 돌아가셨습니다만, 참 좋은 분이셨죠. 손자인 저는 꽤 장난꾸러기였는데 화를 내신 적도 거의 없었습니다. 그래도 딱 한 번, 잊을 수 없는 기억이 있습니다.

어느 날 저는 평소처럼 집 안을 돌아다니며 놀았는데, 거실에서 뛰어가다 넘어져서 소중하게 놓여 있던 도자기를 깨버렸습니다. 큰일 났다고 생각했으나 아이니까 모르는 체하고 그대로 거실을 나와 계속 놀았습니다만, 결국 할아버님에게 들켜버렸습니다.

저는 할아버님 손에 이끌려 거실로 끌려가 추궁을 받았습니다.

"네가 했지?"

"몰라요."

"거짓말하면 안 돼."

"정말 모르는걸요!"

"그럼, 여기서 잠시 생각해보는 게 좋을 거다!"

그렇게 말하고 할아버님은 저를 거실의 기둥에 묶어놓고 밖으로 나가셨습니다. 저는 분하기도 하고 후회스럽기도 하여 엉엉 울었습니다. 한참 울다가 지쳤을 때, 제 모습을 지켜보시고 있었던 듯 할아버님이 들어오셔서 이렇게 말했습니다.

"너는 아무도 보지 않았다고 생각하고 거짓말을 했지만 그게 아니다. 단 한 사람, 보고 있던 사람이 있다. 너는 그게 누군지 아느냐?"

믿음이 깊으신 할아버님이기도 하여 어차피 하느님이나 부처님 비슷한 말이라고 생각해서 부루퉁하니 입을 다물고 있으니, 평소 들어본 적 없는 큰 목소리로 할아버님은 말씀하셨습니다.

"그 사람은 바로 너다! 아무도 보지 않아도 너는 본 것이야!"

주지 스님, 제게는 잊으려고 해도 잊히지 않는 소중한 기억입니다. 할아버님께 감사합니다.

나는 이런 사람이 교양 있는 사람, '자기비판의 힘을 가진 사람'이라고 생각한다. 할아버님은 어딘가에서 큰일을 겪고 깨달았다고 생각하나, 아무리 큰일을 당했다고 해도 자기비판을 하지 못하는 사람은 결코 할 수 없는 말이다.

자기비판, 혹은 자기반성을 하지 못하는 사람의 특징은 자기 자랑을 잘한다는 점이다. 자기 자신을 의심하는 것을 모른다.

초등학생 때, 아버지에게 이런 말을 들었다.

"남에게 자기 자랑을 하지 마라. 그런 이야기는 누가 들어도 절대 재미없다. 네가 잘된 이야기, 좋았던 이야기, 돈 번 이야기는 누구도 재미없다고 생각한다. 재미있어하는 것은, 네가 실패한 이야기, 고생한 이야기, 창피당한 이야기다. 그런 일은 많겠지? 이것은 재산이다. 자기 자랑을 해도 그것은 전부 웃음거리로 바꾸어 말해라. 그러면 사람들은 들어준다."

이것은 분명 숙제로 의견 발표를 하려고 원고를 써서 어머니에게 읽어드리고 있을 때 들었던 말이다. 맞는 말이라고 생각하며 들었던 기억이 난다.

같은 시기, 아버지에게 작문 숙제를 보여주니 "자신이 가장 좋다고 생각하는 부분을 전부 잘라내고 다시 써봐라"라는 말을 들은 적도 있었다. 놀랐지만, 그렇게 다시 쓴 작품으로 무슨 상인가 받았다.

젊을 때는 자신을 필요 이상으로 잘 보이려고 발돋움하고, 또 무엇이 쓸데없는지 모르고 의외로 쓸데없는 것에 힘을 쏟는 경우가 많다.

쓸데없는 것과 필요한 것을 깊이 고민하지 않아도 자연히 구별할 수 있는 것을 원숙圓熟이라고 하고, 그런 지혜를 가진 사람을 '장로長老'라고 한다.

아버지는 현실주의자였는데, 나를 출가로 이끌어준 스승 또한 철저한 현실주의자였다. 스승이 계모를 정성스레 간병하고 있을 때, 내가 형식적인 인사로 "건강하셔서 다행이네요"라고 말했는데, "오래 살았으면 하나? 그럼 자네가 맡아주겠나?

얼마나 큰 고생인지 알게 될 걸" 하는 대답이 돌아왔다. 승려임에도 타인을 깊이 배려하지 않은 내 말에 주의를 주었던 것이다. 스승은 오랜 병환 후에 돌아가신 분의 장례식이 있으면, 철야할 때에 가장 먼저 그 집의 부인이나 며느리에게 가서 "참으로 고생 많으셨습니다"라는 말을 건넸다.

이런 사람의 말은, 자기 말의 전제를 의심하지 않는 사람, 애초에 전제가 있는 것을 깨닫지 못하고 말하는 사람의 말과는 분명 무게가 다르다.

그럼 말의 전제를 의심하지 않는 사람이란 어떤 사람인가.

예를 들면, '진짜'라는 말을 쓰는 사람이 있다. 지인이 어떤 유명한 평론가에게 초밥을 대접받았을 때, "이 초밥은 진짜야. 알겠나? 자네도 진짜만을 상대해야 해"라는 말을 들었다고 한다.

그러나 여기에서 말하는 '진짜'란 무엇일까. 초밥이 '맛있는지 맛없는지'가 아니라 '진짜인지 가짜인지'라는 것은 무슨 말일까. 유명한 사람의 말을 들었으니 진짜인가. 긴자의 일급지에 있는 유명 식당이니까 진짜인가. 즉, 이야기의 전제를 전혀 알 수 없다.

'진짜'라고 말한 때에 소중한 것은, 무엇을 가지고 진짜라고 결정하는가이다. 재료의 신선도라든가, 만드는 사람의 경력이라든가, 무언가 기준을 제시하고 말한다면 이해되나, 그것도 없이 "이건 진짜야"라고 말하는 것은 자기 이데올로기의 강요와 다름없다.

나는 '진짜'라는 사고방식이 때로는 눈앞의 것을 보는 눈을 흐리게 한다고 생각한다. 진짜인지 아닌지에 기울어진 관심이, 눈앞의 사람과 사물이 자신에게 가진 의미를 보지 못하게 할 수 있다고 생각한다. '궁극', '본가', '원조'인 '진짜' 라면이 있다고 해도, 먹어서 맛없다면 그뿐이다. 어쩌다 들어간 라면집의 라면이 뜻밖에 맛있다면, 그것은 삶의 작은 행복이다.

만약 '진짜'를 바란다면, 자신은 무엇을 기준으로 '진짜'라고 하는지 그것을 먼저 생각할 필요가 있다.

어떤 사람이 "당신은 절대 진리나 정의를 믿지 않는다고 하는데, 그렇다면 진리와 정의 말고 무엇을 판단의 근거로 합니까?"라는 질문을 했다.

실제로 나는 '진리'도 '정의'도 일정한 조건하에서만, 즉 때와 경우에 따라 통용된다고 생각한다. 그렇다고 해서 그것을 무시하며 사물을 판단한다는 뜻은 아니다. 통용되는 조건을 신중하게 생각하면서 그것들을 사용하려고 노력한다.

단, 내가 현실에서 내 몸의 처세 등을 판단할 때 의지하는 기준은 진리나 정의 등이 아니라, 내가 늘 말하는 '그렇게 할 수밖에 없는' 것이었는가, 이미 그렇게 하는 것 외에 달리 방법은 없었는가인 경우가 많다고 생각한다.

이렇게 말하면 왠지 한심하게 들릴 수도 있지만, 그 대신 이렇게 하여 내려진 결단은 달리 도망갈 곳이 없는 만큼 강할 수밖에 없다. 나의 출가는 바로 그러했다.

단, 이 생각을 철저히 추구했을 때 문제가 되는 것은, 사람은 모두 '죽을 수밖에 없는' 것이 분명하니 무조건 '살 수밖에 없다'고는 말할 수 없다는 것이다. 즉 이 생각에 따르면, 죽음 쪽이 삶보다 훨씬 리얼리티(현실감)가 높아진다.

사람은 '삶'의 힘과 깊이가 없으면, 산다는 실감을 느낄 수 없다. 바꿔 말하자면, 삶의 힘만 있다면 살아갈 수 있다. 요는 '아아, 산다는 것도 나쁘지 않군' 하고 느끼고, '이런저런 괴로운 일도 있지만 인생도 살만 하군' 하는 감각을 가질 수 있는가 하는 것이다.

그렇다면 삶의 힘은 어디에서 오는가. 우리가 태어난 것을 이치로 설명할 수 없는 이상, 이치로 해결되지 않는 것은 명확하다. 그렇다면 결국 타자와의 관계의 힘으로 가능한 것은 아닐까. 고생을 함께한 동료, 이해와 거래를 넘어선 인간관계를 가진다면 삶의 힘은 얻어지지 않을까 생각한다.

그와 같은 인간관계를 만드는 것은 실제로는 어렵지만, 노력의 보람은 있다고 생각한다. 그때 필요한 것은 앞서 말한 대로 '경의'일 것이다. 경의를 갖고 교제하는 인간관계를 만들 수 있는가. 좀 더 말하면, 이 사람에게 배반당해도 할 수 없다, 희생을 치르게 되더라도 교제하겠다고 생각할 수 있는 사람과의 관계를 가질 수 있는가. 이것을 가질 수 있다면, 삶의 힘은 확실히 강해지리라 생각한다. 그래도 그것을 위해서는 상대에 대한 상상력과 상당한 노력이 필요하다.

또한 동시에, 나는 여기에 종교가 가진 근원적인 과제가 있다고 생각한다. 인간은 의식의 저변에 삶보다도 죽음 쪽을 훨씬 사실적으로 느낀다고 한다면, 힘이 항상 부족하기 쉬운 삶에 '의미'나 '가치'를 주입함으로써 죽음에 대항하는 힘을 갖추도록 하는 것이 종교의 역할이 아닐까.

인생, 몇 번 넘어져도 좋다. 그러나 넘어졌을 때 "어이, 괜찮나?" 하고 손을 내밀어주는 사람이 있다면, 사람은 힘차게 일어날 수 있다. 혹은 삶에 의미를 느끼게 되면, 다시 마주할 기력도 솟아난다. 이것이 '피할 수 없는 죽음'의 리얼리티를 넘어서서, 삶이 힘을 얻는 데 필요하다고 생각한다.

세상에서는 흔히 커뮤니케이션이 중요하다, 부모·자식 간 커뮤니케이션을 갖자고 말들 하는데, 나는 그 커뮤니케이션이 무엇을 가리키는지 잘 모르겠다. 즉, 커뮤니케이션이라고 말하지만 무엇을 하려는 건지 잘 모르겠다. 그것은 어떤 것을 추구하고, 혹은 무엇을 기준으로 중요하다고 말하는가.

'커뮤니케이션 능력'을 말하는 사람은, '능력'이 높아지면 상대방이 전부 엑스레이 사진처럼 보인다고 생각하는 것인지, 애초에 커뮤니케이션을 하고자 하는 상대의 존재를 어떻게 생각하는 것인지 전혀 모르겠다.

어떤 때에는 자기의 생각을 상대에게 강요할 뿐으로, 즉 지배·피지배의 관계 만들기에 사용되는 경우도 있지 않을까. 왜 커뮤니케이션이 필요한지 근본적으로 다시 곰곰이 생각하지 않으면, 그 커뮤니케이션은 오해만 낳을 것이다.

타자는 근원적으로 알 수 없는 존재라고 생각한다. 안다고 생각하는 것은 안이한 생각이다. 그러한 전제에서 커뮤니케이션을 생각할 때, 어떤 상황에서 명확한 목적이 있고, 이런 식으로 커뮤니케이션을 한다는 것을 상대도 양해한 상태라면, 그것으로 유효할지 혹은 필요할지 판단해야 한다. 상대의 어디까지, 무엇을 알고 싶은지도 잘 모르는 채로는 커뮤니케이션이 잘 안 된다.

예를 들면, 내 자식이라고 해도 상대를 이해하는 것은 불가능하다는 전제에 선 후에, 이 부분은 이해하고 싶다는 것이 명확하다면 잘될 수도 있다. 그런데 근본적으로 상대를 알 수 있다는 전제에서 커뮤니케이션을 한다면, 오해 위에 오해를 거듭하게 되기 쉽다.

친구나 동료도, 커뮤니케이션 능력이 있다고 얻어지는 것이 아니다.

　내가 처음 친구라고 부르고 싶은 사람을 만난 것은 선도량에서 수행하던 때였다. 즉, 같은 시기에 극한 고생을 함께한 가운데, 나라는 인간이 무엇인지 아마 가장 잘 알고 있다고 생각되는 사람, 전부는 몰라도 어느 부분은 알아주리라 생각되는 친구이다. 그러므로 그에게서 나오는 말은 나를 객관화하거나 자기비판을 하는 데에 중요한 재료가 된다. 그것은 내게 필요하며 고마운 일이다. 그러나 그런 친구는 평생 그렇게 많이 만날 수는 없다.

　인생에서 이해득실을 전혀 도외시하고 '아아, 저 친구가 없어져서 외롭군' 하고 마음속 깊이 생각할 수 있는 사람이 다섯 명이나 있다면 그건 대단하다. 그 인생은 충분히 수긍할 수 있다고 생각한다.

제8장

삶의 기술로서의 불교

"나를 바꾸고 싶다"며 좌선하러 오는 사람이 있다. 그러나 이런 사람은 거의 백 퍼센트 바뀌지 않는다. 바꾸겠다는 생각만 할 뿐 결코 바뀌지 않는다.

나는 확신한다. 아무리 머릿속에서 생각을 거듭해도 사람은 절대로 바뀌지 않는다.

어떤 사람을 근본적으로 바꾸는 것은 생활의 스타일이다. 열심히 책을 읽고 많이 배웠다고 생각해도, 혹은 바뀌기를 바라도, 생활양식을 바꾸지 않는다면 사람은 바뀌지 않는다.

나를 바꾸고 싶다고 말하는 사람에게, 그렇게 바꾸고 싶다면 생활양식을 바꿀 것을 제안하지만, "그건 힘든데요"라는 대답이 돌아온다. 왜 힘든가 물으면, "바빠서". 일상을 바꿀 마음도 없으면서 좌선을 하면 마법처럼 깨달음을 얻어 자신이 바뀐다고 생각한다.

결국 그런 사람은 진정으로 바꾸고자 하는 마음이 없다. 요는 "지금이 불만스럽다"라고 말만 할 뿐, 바꿀 이유도 필연성도 없다는 것이다. 다소의 희생도 마다한다면, '나를 바꾸는' 것은 불가능하다.

이 세상에서 실제적인 것은, 마지못해 자신의 사고방식이나 행동 패턴을 바꾸는 것이다. 바라건 바라지 않건, 어떤 사람의 생각과 삶을 바꿔버리는 것은 분명 있다. 이것은 '그리하지 않을 수 없어서' 바뀌는 것이다.

극적으로 근원적인 체험이 있으면 생활은 바뀌게 된다. 즉 생활양식이 바뀌지 않는다면, 그것은 인생의 일대사라고 할 정도의 것이 아니다. 생활을 바꾸려고 하지 않아도 바뀌어버린 경험이 있다면, 생각도 바뀌지 않을 수 없다.

나는 병약한 탓도 있어 철이 들 무렵부터 계속 '삶이 힘들다'고 실감하고 있었다. 10, 11살 때부터는 '죽음'의 문제가 눈앞에 떡 하니 버티고 앉아, 아무래도 움직이지 않게 되었다. 병이 나아도 움직이지 않았다.

내가 출가한 것도 지금 되돌아보면 '그리하지 않을 수 없는' 선택이었다고 생각한다.

좌선을 하루 5분,

평생 계속하면 깨달음을 얻는다

좌선 지도를 하면서 자주 생각하는 것은 '좌선에서 무엇을 추구하는가'라는 점이다. 많은 사람은 '좌선의 결과, 어떻게 되는가'를 묻고자 한다.

혹은 어떤 문제가 있어 중재에 나섰을 때에도 '그 후 어떻게 되었는가'를 알고 싶어 하는 사람이 있다. 결론을 내달라는 것이다. 그러나 애초에 그것은 근본적으로 잘못이라고 생각한다.

계속 살아가는 이상 하나의 문제가 해결되었다고 해도, 그것은 지금 당장 안정되었을 뿐이라는 의미이다. 인생의 최종 지점은 '죽음' 이외에는 없으므로.

이것이 인간이다. 불안하여 견딜 수 없으니, 무언가 확실한 것으로 불안을 가두고 싶고 결론을 내서 안심하고 싶다. 그러나 언제까지 지나도 '물음'은 반드시 남는다는 것을 알지 못하면 괴로울 뿐이다.

인생은 '반복'이다. 좌선에서 중요한 것은 장시간 앉을 수 있게 된다든가, 깨달음의 여부가 아니다. 매일 앉을 수 있는지, 좌선이 생활의 리듬 속에 들어갔는지의 여부다.

선이 깨달음이라고 해도 깨달음 자체에 의미는 없다. 요는 깨달아서 '무엇이 바뀌었는가'라는 점이다. 생활 습관을 고쳤는가, 인생이 밝아졌는가, 남과의 관계를 소중히 할 수 있게 되었는가…… 뭐든지 좋으나 생활 자체가 바뀌지 않으면 깨달아도 의미는 없다.

깨닫고자 하는 사람에게 자주 말한다. "내가 말하는 대로 하면 반드시 깨달을 수 있다"라고. 어떻게 하는가 하면, "하루 5분, 평생 좌선합니다. 이것을 지킨다면 보증합니다". 깨달음을 어떤 초자연 현상처럼 생각하는 사람에게는 이 의미가 전혀 전달되지 않는다.

어떤 사람이 하루 5분의 좌선을 죽을 때까지 계속한다면, 절대 깨달음을 얻게 되리라 나는 확신한다. 그것은 무언가 보통 사람에게는 보이지 않던 것이 갑자기 보이게 되는, 그런 것이 아니다. 그 사람의 모습과 더불어 사물을 보는 시야가 확실하게 바뀔 것이라는 말이다.

'캐주얼 감각'의
좌선을 권함

오해가 없도록 덧붙여 말하자면, 나는 지금 유행하는 '체험 좌선'을 부정할 마음은 없다. 좌선에 절대 진리가 있다고도 생각하지 않으며, '좌선 좀 해볼까' 하는 마음은 오히려 대환영이다. 해보고 좋다고 생각하면 계속하면 되는 것이고, 자신에게 별로 맞지 않는다고 생각하면 그만두면 된다. 2~3일 해보고 속이 후련해지거나 치유되었다는 생각이 든다면, 그것으로 괜찮다.

최근의 일이다. 놀라야 할지 기뻐해야 할지 모르겠는데, 주지 13년째 처음으로 예약 없이 불쑥 찾아온 참선 희망자가 있었다.

누가 왔다기에 밖으로 나가 보니, 본당 앞에 30대 후반으로 보이는 여성이 서 있었다. 불쑥 "저, 이 절에서 좌선 지도를 해주실 수 있는지요?"라고 한다. 너무 갑작스러워 놀랐으나, 선사禪寺로서는 매우 좋은 일이다.

그래서 "네, 스케줄이 된다면 얼마든지 좋습니다만…… 그런데 어떤 연유로 우리 절이 좌선을 지도할 것 같다고 생각하셨는지요?"라고 물어보았다. 나는 내심 '아, 전에 스님의 책을 읽고……' 비슷한 말이 나오지 않을까 기대하였는데, 그게 아니라 그녀는 조동종계의 고마자와 대학을 졸업하여 선종에 약간의 지식이 있었다고 한다. 한 번쯤 좌선하고 싶다고 생각하던 참에, 지금 길을 지나가다가 절의 문기둥에 조동종이라고 적혀 있어 일단 들어와 봤다는 것이다.

나는 다소 실망했지만 매우 기쁘게 생각했다. 특히 승려나 사찰이 만든 참선 프로그램을 찾은 것이 아니고, 깨달음 운운 등의 야심도 없다. 단지 지나가던 길에 좌선 지도라도 받아볼까 하는 이 느낌이 실로 고맙다고 생각했다. 이런 종류의 '캐주얼 감각'의 참선자가 더욱 늘어난다면 일본의 선사도, 스님도 꽤 성장하리라 생각한다.

이틀 후, 그녀는 남편을 데리고 와서 두 사람 모두 열심히 좌선에 임하였다. 함께 앉은 나는 오랜만에 왠지 매우 상쾌한 기분이었다.

가운슬림은
'대증요법'이다

불교가 생각하는 '고苦'의 하나로 병이 있다. 병에는 '병소'와 '증상'이 있다.

어느 의사에게 들은바, 환자를 진찰할 때 가장 중요한 것은 병명을 확정하는 것이라고 한다. 즉 '병소'를 정확하게 진단한다는 것이다. 병명을 알게 되면 치료법은 책 등에서 찾을 수 있으며 나머지는 기술적인 문제다. 한편 통증 등의 '증상'에 대해서는, 그것을 완화하기 위한 대증요법 을 함께 실시한다.

작년에 유행한 '심령 카운슬러'라는 사람들이 사람을 치유하는 데 어떠한 역할을 하고 있다면, 그것은 일종의 '대증요법'이라고 할 수 있지 않나 생각한다. 즉, 이것은 '증상'으로 나타난 불안이나 의문에 대응한 것이 아닐까 생각한다.

우리는 전생이나 내생 등의 이야기를 '병소', 즉 근본적인 문제라고 생각하기 쉬우나, 그렇지 않다. 근본적인 문제는 '나는 무엇인가'를 알지 못한다는 것에 있어서, 그것이 불안이라든가 자기의 전생을 알고 싶다는 등의 '증상'으로 나타난다고

병소(病巢): 병터. 병원균이 모여 있어 조직에 병적 변화를 일으키는 자리.
대증요법(對症療法): 원인이 아니라 증세에 대해서만 실시하는 치료법.

생각한다.

실제로 증상은 괴로운 것이다. 그러므로 의사도 대증요법을 써서 괴로움을 일시적으로 완화하는 처치를 한다. 증상을 치유하기 위한 '심령술 붐'이라면, 지금 시대에 요구되는 것은 분명하다. 불교인이라도 전생이나 내생의 이야기를 한다는 것은, 대증요법의 니즈를 알고 있기 때문이리라.

그러나 증상과 병(병소)의 관계를 확실히 보지 않고 대증요법만으로 일을 해결하려고 하면 처치에 실패하는 수도 있다.

어째서 그렇게 사람은 전생, 내생을 생각하지 않을 수 없는가. 왜 그렇게 열심히 생각하는가. 즉, 뿌리 깊은 곳에도 눈을 돌리는 것이 필요할 것이다. 나는 이것이야말로 불교, 혹은 널리 종교에 요구되는 역할이라고 생각한다.

의사는 대증요법으로서 이 증상을 억제하는 이 약은 이 정도의 효능이 있고 단 부작용도 있다 등의 정보를 환자에게 전하는 것이 의무이다. 혹은 병소를 치료하는 것이라면, 증상을 억제하면서 별도로 이런 치료와 식생활 조절을 할 필요가 있다는 설명을 한다.

그것과 마찬가지로, 불교인은 대증요법과는 별도로 근본적인 문제를 파악한다. 배경에 있는 가족 문제, 부모·자식의 문제, 혹은 자신의 문제를 스스로 깨달을 수 있도록 대화를 한다. 대증요법도 필요하지만, 자신의 가치나 삶의 의미에 대한 착각이나 환상을 깨닫게 하고, 그 가치나 의미를 만드는 데 필요한 사고방식을 제시하는 것이 불교인의 역할이라고 생각한다.

고민 속에
지혜가 생긴다

우리의 존재 자체가 '병'이라면, 불교도 실은 근본적인 치료를 하는 수단은 되지 못한다. 문제는 병을 앓고 있어도 살아갈 수 있도록 할 수 있는가이다. 이것은 '치유'와는 발상이 근본부터 다르다.

인간은 '자기 존재의 괴로움'을 품고 있는 존재라고 한다면, 통상의 해결법으로는 '괴로움'을 없애거나 완화하는 것을 생각한다. 그것이 '치유'의 발상이다. 그런데 불교는 '자기' 쪽을 타깃으로 한다. '자기'를 지우려고 하므로 보통의 이야기가 아니다. '자기를 지운다'는 것은 자살과는 다르다. 자살하면 괴로움이 없어지는지 아무도 모르는 이상, 자살은 필시 어리석은 선택이다.

그렇다면 이 무리한 난제를 철저하게 고민해야 한다. 삶의 지혜는 고민에서만 나온다. 그것도 손으로 더듬어 찾아야 한다. 그러나 결정적으로 중요한 것은, 그런 고민은 이미 옛날에 누군가 생각했다는 것이다. 그러므로 옛사람의 말을 참고할 수 있다. 석가는 2천 년 이상의 옛날에 우리가 지금 생각하는 것을 문제로 삼았다.

이것은 책을 닥치는 대로 읽으면 해결되는 것이 아니다. 물론 같은 생각을 한 사람이 오래전에 있었다는 것은, 책 외에서는 알 도리가 없다. 요는 읽는 방식의 문제이다. 그 책을 읽고 자신에게 무슨 일이 일어났는가. 무엇이 바뀌었는가. 자신과 책의 관계성, 연기緣起(상관관계)인 것이다.

자식에게 단지 책을 읽으라고 강요해도 독서의 습관은 쉽게 붙지 않는다. 말과 만나는 계기, 그것이 얼마큼 중요한지, 그래서 실제로 사람이 어떻게 바뀔 수 있는지 경험으로 말해줘야 습관이 붙는다. 애초에 시간과 노력이 필요하다.

삶의 지혜, 교양을 몸에 익히려면 고민과 노력, 이 두 가지 모두 필요하다. 그러나 고민하지 않는 사람은 아마 없을 것이다. 그렇다면 교양을 몸에 익히는 기술은 있을 터이다. 고민을 어떻게 다룰 것인가의 문제로, 이것이야말로 선인의 경험과 지혜에서 배우면 된다. 정말로 고민한 사람은 끝내 그곳에 도달했으리라 생각한다.

선의 수행에서는 우선 초기 단계에 사람이 사물을 생각하는 상식적인 방법, 통상의 논리적인 사고방식을 무너뜨린다. 그 후에 거기에서 다시 한번, 생각한다는 행위를 다시 바라보고, 자기를 재구성해간다.

요즘은 불교에서도 '치유'를 추구하는 면이 있다. 안심하고 싶다는 사람, 대증요법을 구하는 사람에게는 좋을지 모르나, 불교의 가르침에서 애초에 치유된다는 것은 있을 수 없다.

오래 살기 위한

아이디어와 지혜

사람은 살다 보면 점점 심신이 쇠약해져서 병에 걸리는 수도 있고 이혼하는 수도 있다. 그럴 때, 삶이 싫어지는 것은 누구나 당연하다. 이제는 죽고 싶다고 생각하는 경우도 있다. 그런 감정을 부정할 필요는 없으며, 그래서는 안 된다고 생각할 필요도 없다.

나도 어릴 적부터 자신을 '카드'라고 생각하였다. '그런 상황이 오면 죽으면 되지'라고 계속 생각했다. 이것은 '살고 싶지 않다'는 것과는 다르다. 당시의 살기 힘들다는 감정, 즉 슬픔이라든가 괴로움을 없애기 위해, 그리고 더 오래 살 수단으로서 궁리했던 '아이디어'라고 생각한다. 살기 힘든 인생을 살아남기 위한 아이 나름의 지혜였다.

요즘 뇌 과학 분야에서는 '의식'을 해명하는 움직임이 있다. 또 앞으로 심령학의 동향 속에서 근본적인 문제를 다루는 것이 나올지도 모르겠다. 그러나 내가 보는 한, 지금 말해지는 전생이나 내생의 이야기도 일종의 '아이디어'이다. 인간의 사고가 태어난 후에 만들어졌다고 한다면, 인과관계로 설명되는 것은 세계를 파악하기 위해 인간이 고안한 도구, 즉 '아이디어'인 것이다.

유소년 때부터 내가 느꼈던 '힘든 삶'이란, 아무리 찾아봐도 살아가야만 하는 확실한 이유를 모르겠다는 것이다. 불교를 통해 이것은 원리적으로 알 수 없게 되어 있다는 사실에 다다랐을 때는 안타깝기도 하였지만, 비로소 수긍할 수 있는 철학을 만났다고 생각했다.

불교도 어떤 의미에서는 살아남기 위한 '아이디어'라고 할 수 있다. 실제로 석가는 '천상天上'이라든가 '지옥'이라는 말을 사용했다. 그것은 어떤 사람들에게는 아무래도 필요한 '이야기'였기 때문이라고 생각한다.

그러나 내가 불교에서 배운 것 중 하나는 '속이지 마라'는 것이다. 진짜의 자신이 있을 것이라는 환상에 의지해서는 안 된다는 것이다.

결국 '이야기'로는 효과가 없다. 그렇게 되면 스케일의 차원이 다른 이야기, 우리 범인은 좀체 이해 못하는 이야기가 된다. 그러나 그 부분까지 다다른 것이 불교라고 생각했으므로, 나는 공감할 수 있었다.

불교가 다루는 것은
처세술이 아닌 처생술

나는 수행 도량에 들어갔을 때, 처음으로 내가 '있을 곳' 같은 것이 생겼다고 생각했다. 처음으로 동료라고 부를 수 있는 사람도 생겼다. 그러나 지금 생각하면, 설령 수행 시스템이 종신제였다고 해도 그곳이 영원한 나의 자리나 고향이 되는 것은 아니다. 행운유수行雲流水라고나 할까. 수행은 언제나 어딘가를 향해 이동해야 한다.

세상에서는 자신이 있을 자리를 만드는 것이 하나의 일이다. 회사에 들어간다든가 가정을 꾸린다거나 집을 짓는다. 그러나 그것들도 결국은 통과하는 하나의 과정에 불과하다. 그래도 일단 자신의 자리가 있다면 사람은 안심하고 생활할 수 있으므로, 그것을 추구한다.

앞에서 꿈이나 목표를 도로 표지에 빗대었다. 그것을 최종적인 골이라고 생각해서는 안 된다고 했다. 어떤 종교, 어떤 가르침도 '삶의 이정표'라고 생각하는 것이 좋다. 헤매지 않기 위한 도로 표지 같은 것이다. 즉 표지를 따라 나아가면, 적어도 탈선은 하지 않는다.

종교나 사상은 여기가 종착점이라고 하는 선 긋기를 추구하지 않는 편이 좋다. 도로 표지는 목적지가 아니다. "여기가 골입니다"라고 소리 높여 말하는 종교는 오히려 경계하는 편이 좋다고 생각한다.

인간의 경우에 골은 자신이 멈춰 선 곳에 있다. 타인이 선을 그은 골은 자신의 골이 아니다.

종교는 어떤 진리를 체득하기 위한 것이 아니라, 힘든 인생을 최후까지 살기 위한, 조금이라도 잘 살아남기 위한 안내나 지팡이, 소위 '삶의 기술'로서 활용해야 한다고 생각한다. 불교는 그 틀 중 하나이며, 좌선은 그 방법론 중 하나라고 할 수 있다.

단, 불교인은 소위 '처세술'을 가르칠 수는 없다. '삶의 기술'이란 세상을 잘 살기 위한 '처세술處世術'이 아니라, 자신의 어려운 삶에 대처하기 위한 '처생술處生術'이라고 생각하면 좋을 듯하다.

예를 들면, 직장에 미운 사람이 있을 때, 당장 지금의 대책을 생각하는 것은 '처세술'이다. 그러나 애초에 타인을 '밉다'

고 생각하는 것은 어떤 의미인가. 자신은 어떤 경우에 어떤 식으로 '미운 사람'이라고 느끼는가. 그것을 생각하는 것부터 시작하는 것이 '처생술'인 것이다.

신앙은
보상을 요구하지 않는 '도박'

채무로 고생하는 사람이 있다고 치자. 그러나 빚을 갚는 것은 경제의 문제로, 불교의 문제는 아니다. 해결책으로는 열심히 일해서 조금씩이나마 갚아갈 수밖에 없다. 상대가 악독한 고리대금업자라면 변호사와 상담하여 싸울 수밖에 없다.

즉 빚을 갚는 고민이라면, 거기에 종교가 나설 역할은 없다. 그 해결을 종교에서 구하려는 것은 착각일 수밖에 없는데, 그것을 감히 장사로 하는 것이 영감상법靈感商法이다.

그러나 채무의 고생으로 삶이 괴롭다고 한다면, 우선 문제를 확실히 할 필요가 있다. 그것은 도대체 어떤 문제인가. 종교가 다루는 문제인가. 그렇지 않으면 경제가 다룰 문제인가. 이 빚은 왜 생긴 것인가. 도박인가. 혹은 열심히 노력했지만 결과가 모두 실패하여 그렇게 되었는가. 도대체 어떤 생각, 어떤 인생을 살았는가. 종교나 불교의 문제라고 한다면, 이러한 근본적인 문제를 생각할 필요가 있다.

짊어진 채무 그 자체는 자기파산을 신청할 것인지, 고소당해 교도소에 갈 것인지, 조금씩이라도 갚을 것인지, 이 세 가지 선택지밖에 없을 것이다. 불교로 깨달았다고 해도, 채무 그 자체는 남는다. 그러나 그 사람이 채무에 이른 과정 중에는 종교인이 터치 가능한 부분이 있을 수 있다. 도박을 즐긴다고 하면, 왜 빚을 짊어질 정도로 도박에 의존하였는가.

즉, 자신의 문제를 함부로 종교의 문제로 슬쩍 바꿔치기 해서는 안 된다. 혹은 종교인(이라 칭하는 사람)이 그 문제로 슬쩍 바꿔치기 해서는 안 된다. "내게 맡겨두시면 어떻게든 풀립니다. 이 불탑을 사서 쓰다듬고 있으면 재물 운이 붙습니다"라는 말은 가장 위험하다.

경제적 곤경은 본래 종교의 문제가 아니다. 그러나 경제적 곤경에 빠진 인간의 마음은 종교 문제가 된다.

병도 마찬가지다. 병 혹은 병고, 이것은 종교의 문제가 아니다. 그러나 병으로 괴로워하는 '존재'는 우리 종교인의 문제가 될 수 있다. 말기 암으로 고생하는 사람의 존재는 분명 종교의 문제라고 할 수 있다.

사람으로서 살아가고 존재할 때, 괴로움은 결코 없어지지 않는다. 그렇다면 간단하지 않은 이 인생을 어떻게 극복할 것인지가 테마가 된다. 존재의 많은 어려움을 한 방에 없애는 대단한 마법은 없다. 그것을 굳게 믿고 있다면 착각을 부여받은 것에 불과하다.

석가나 도겐 선사의 이야기를 내 나름으로 읽어온 결과, 산다는 쪽에 돈을 걸겠다는 것이 나 자신의 신앙 혹은 믿음이다. '신앙이 있는가'라는 질문을 받았을 때, 신앙이 도박이라는 의미에서 나는 신앙이 있다고 말할 수 있다. 그 정체는 무엇인가

하면, 설령 괴로움이 없어지지 않아도 사는 쪽이 좋다는 것에 돈을 걸었다는 것이다.

내게 '믿음'은 '도박'이다. 반드시 돈을 딴다고 생각하고 도박하는 사람은 없다. 도박인 이상 무일푼이 된다고 해도 원망해서는 안 된다. 그러므로 내생에 좋은 일이 있으니 지금 선행을 쌓으라는 말도 나에게는 의미가 없다. 내생에서 지옥에 떨어진다고 해도, 가르침에 비추어서 지금 이것이 바르다고 생각한다면 하겠다는 것이 나의 신앙이다.

도겐 선사는 '지관타좌'라고 말했다. 단지 앉으라고 말하는 것으로, 미래의 보증은 하지 않는다는 의미로 받아들여야 한다. 그야말로 속아도 상관없다고 하는 것이 '도박', 나의 신앙인 것이다.

지관타좌(只管打座) : 단지 한 길 좌선에 전념하는 것.

나
오
며

내가 승려가 되어 우선 생각한 것은, '유일 절대의 진리'를 말하겠다는 것은 털끝만치도 생각지 않는 편이 좋다는 것이었다. 우리 불교인이 다루는 것은 '어떻게 살 것인가'라는 것이다. 그때 중요한 것은 테마이다. 혹은 더 단적으로 말하자면, 개개인이 품고 있는 문제다.

제8장에서도 말했듯이, 불교인에게 가장 중요한 것은 이 '문제'가 무엇인지 보는 것이다. 의사가 진단에 근거하여 치료 방침을 정하고 증상에 따라 약의 종류를 바꾸듯, 불교인도 상

대의 근본적인 문제가 무엇인지에 따라 말하는 내용이 다르다. 교리의 질문을 받는다면 별도이지만, 개별 문제에 대해 학자처럼 정합성 있는 이야기를 할 이유는 없다.

예를 들면, 90살 넘은 할머니가 "극락에 갈 수 있을지 걱정이다"라고 말하는 상황과 30살에 방에 틀어박혀 있는 사람이 '힘든 삶'을 호소하는 상황은 문제의 성격이 다르다. 외과수술이 필요한 사람에게 내복약을 주면 낫지 않을 것이며, 그러한 케이스와 이미 외과수술로는 손을 쓸 수 없는 사람에 대한 치료법은 전혀 다르다.

그렇다면 내가 90살 넘은 할머니와 30살에 방에 틀어박힌 사람에게 같은 이야기를 해야 할 이유도 없다. 각자는 품고 있는 문제가 다르다. 그 대신, 상대에 대한 발언의 책임은 져야 한다. 의사의 책임, 치료의 책임과 마찬가지로, 그 처리의 방법에 실패한다면, 그것은 자신의 책임이라는 각오를 해야 한다.

그러므로 내게는 유일의 진리라든가 절대의 대답 같은 것은 아무래도 상관없다. 어쨌든 살기 어렵다든가 살기 힘들다고 생각하는 사람이 있다면, '그 문제는 어디에 있는가', '그래도 살려면 어떻게 할 것인가' 쪽이 내게는 훨씬 중요한 문제다.

그러나 본문에서도 말한 바와 같이, 자신의 문제를 직면하는 것은 매우 어렵다. 모두 자신의 진짜 문제는 의식, 무의식에 관계없이 감추고 싶어 하기 때문이다. 시간이 걸린다. 하지만 그렇기 때문에 시간을 정해놓고 이야기를 듣는 카운슬러로서는 해결하지 못하는 문제에 어떤 돌파구가 될 수도 있다고 생각한다.

*

지금까지 불교에 관한 책을 몇 권인가 썼는데, 내 글은 난해하여 읽기 어렵다는 말을 많이 듣는다. 그렇다고 해서 '알기 쉬운' 불교 책이 어떤 것인지 솔직히 나는 잘 모르겠다.

그래서 이 책은 내가 말한 내용을 정리한다는 새로운 시도로 만들어졌다. 블로그 등에서 발표한 이야기도 일부 수록되어 있다.

결과적으로 '알기 쉬운' 책이 되었는지는 독자의 판단에 맡길 수밖에 없지만, '인생, 괴로운 것은 많지만 어떻게든 살아보자'고 조금이라도 생각해준다면 이 책의 목적은 달성된 것이 아닐까.

해
설

미야자키 데쓰야(평론가)

불교에는 논리학은 있으나 윤리학은 없다. 왜 그럴까.

윤리학이란 "사람이 잘 산다는 것은 어떤 것인지 규명하는 학"이다. 고지엔 사전에는 "사회적 존재로서의 인간 사이의 공존의 규범·원리를 밝히는 학문"이라는 풀이가 기재되어 있다.

과연 이것으로는 불교가 윤리나 윤리학과 연이 없어도 할 수 없다. 불교에는 선험적인 선악의 개념이 없으며, 사회적인 영위를 칭찬하는 입장도 없기 때문이다.

그러면 곧 "무슨 말인가. 법구경에서 '제악막작 중선봉행諸

惡莫作 衆善奉行', 즉 모든 악을 행하지 말고 모든 선을 행하라고 윤리를 분명히 말하고 있지 않은가"라고 흥분하는 사람도 있을 것이다.

그러나 그것은 단지 선악이라는 글자에 구애되는 것뿐으로, 바른 경전에서 말하는 선악은 보편적인 인륜이나 사회적인 도덕을 기준으로 한 것이 아니라 어디까지나 개인의 깨달음, 성불, 해탈의 지장 여부를 기준으로 한 것이다. 사람을 죽여서는 안 된다는 것도 물건을 훔쳐서는 안 된다는 것도 정의나 법, 사회질서에 반하기 때문이 아니다. 살인이나 절도의 동기인 격정(분노)이나 욕망(탐욕)을 버리기는커녕 억제할 수 없다면, 깨달음에서 거리가 먼 것은 당연하기 때문이다.

역으로 말하자면, 인도人道에 배치되는 행위를 저지른 사람이라도 깨달음에 지장이 없는 경우, 불교는 그것을 용서하여 문제로 삼지 않았다.

예를 들면, 석가는 999명의 무고한 사람을 살해한 흉악범, 앙굴리말라를 출가시켜 제자로 삼고 최고의 깨달음으로 인도

하였으며, 다이토쿠지大德寺의 창시자로 알려진 대등국사 슈호묘초는 젊었을 때 2살 먹은 자신의 아이를 죽이고 꼬챙이에 꿰어 구워서 술안주로 먹었다는 에피소드가 전해온다.

이러한 것들은 극단적인 사례이지만, 불교사를 들춰보면 인류를 헌신짝처럼 경시한 예는 일일이 헤아릴 수가 없다. 어째서 불교는 이렇게까지 인류에 도전할 필요가 있었는지 의심스러워질 정도이다.

물론 불교에서도 '선인낙과善因樂果', '악인고과惡因苦果'는 많이 말하고 있다. 선행을 하면 편한 결과를 초래하고 악행을 하면 괴로운 결과를 초래한다. 그러므로 나쁜 짓을 하지 마라, 선한 일을 하라고 말한다. 그러나 '무엇이 악하고 무엇이 선한가' 혹은 '무엇이 낙樂이고 무엇이 고苦인가'는 논리적으로 제시되지 않는다. 굳이 말하자면, 번뇌가 나쁘다. 그중에서도 탐욕(욕망에 맡겨 탐하는 것), 진에瞋恚(격정에 맡겨 화내는 것), 우치愚癡(무지에 맡겨 도리를 모르는 것)가 최악이다. 이것들은 앞에 열거한, 사람을 깨달음에서 멀어지게 하는 요인과 같으며, 요는 깨달음이나 해탈까지는 가지 못해도 악한 행위를 하면 그 사람의 마음을 더럽혀 부정하게 만들기 때문에, 결국 본인이 괴로워지게 된다는 자업자득의 이야기이다.

　게다가 최고 깨달음의 입장은 '선악초월善惡超越'이다. 악업은 물론 선업도 업인 것에는 다름이 없으므로, 최종 국면에서는 둘 다 버려야 한다. 이것은 중요한 포인트이므로, 경전에서 증거를 들기로 한다.

　　"평안으로 돌아가 선악을 버리고, 때 묻지 않고 이 세상과 저세상을 알고, 생과 사를 초월한 사람. 이런 사람을 바로 '도인'이라 한다." (수타니파타 520, 나카무라 하지메 역, 《붓다의 말》, 이와나미문고)

　　"맑은 지혜가 있고 흑과 백(선악의 업)을 초월한 사람 — 이런 사람을 바로 '현자'라고 한다." (수타니파타 526, 앞의 책)

"마음을 번뇌로 더럽히지 않고, 생각이 흐트러지지 않

고, 선악의 도모를 버리고 깨어 있는 사람에게는 아무런 두

려움이 없다." (담마파다 39, 나카무라 하지메 역, 《붓다의 진리

의 말·감흥의 말》, 이와나미문고)

　그러나 윤리나 선악의 분별을 적극적으로 말하지 않았다고

해서 불교가 삶의 지침을 제시하지 않았다고 한다면, 전혀 그

렇지 않다. 오히려 경직된 선악관이나 교조적인 윤리·도덕보

다도 훨씬 깊고 삶의 실상에 근거한 지침을 제시하고 있다.

　이 책은 미나미 지키사이의 소위 불교에 근거한 삶의 지침

서이다.

　아무 생각 없이 불교에 근거한 삶의 지침서라고 써버렸다.

이래서는 독자들이 "그런 것은 세상에 넘친다"라고 경멸할 수

도 있다. 서점에 범람하는 그런 류의 책에서는 "집착을 버려

라"든가, "소욕지족으로 절약하라"든가, "자비의 정신으로 봉

사하라"든가, 경전·해설서에서 세속 도덕에 합치된 부분만을

대충 취해서 그야말로 세속적인 인생 교훈을 나열한 것뿐이다. 사견이지만, "불교는 더욱 사회참여를 해라"든가, "승려는 큰 뜻을 품어라"든가, "절이 바뀌면 세상이 바뀐다"라며 행동이나 실천을 마구 부추기는 자칭 지식인의 책도 그런 종류의 저속 불교서로, 골라 볼 것은 하나도 없다.

불교의 사회참여? 사찰을 중심으로 한 사회운동? 지난 100년간 불교인이 대대적으로 사회참여를 한 적이 있다. 말할 것도 없이 태평양 전쟁 때의 협력이다.

지금 회자되고 있는 인게이지드 부디즘engaged buddhism (사회참여 불교)의 류가 사주하는 바는, 결국 전쟁 때의 종파, 사찰의 태도와 다르지 않다. 사회 그 자체나 정치 그 자체에 대한 본질적인 비판이 없는 종교운동 등은 신자를 이용하려는 모든 세력이 바라는 바이다. 평론가 구레 도모후사 씨가 지적한 대로, "우리는 반전평화라든가 사회참여, 인권, 민주주의 등의 통속 양식良識의 틀 안에서 종교를 논할 수 없다는 것을 깨달아야 한다. 통속 양식의 입장에서 통속 양식의 형편에 맞춰 불교에 무언가 제언하는 것은 무의미하다는 것을 깨달아야 한다'라는 것이다. (《주워들은 불교 입문》, 치쿠바쇼보)

미나미 선생의 책은 그러한 통속성과는 일절 관련이 없다. 그럼에도 급진적이다. 마치 매스컴의 인생 상담 프로그램에 접수된 극히 평범한, 매우 흔한 물음을 출발점으로 하면서 단숨에 '불교에 근거한 삶'의 핵심에 닿게 해준다.

출발점이 되는 처음의 물음은 다음과 같다. "살고 싶지 않다. 어째서 삶은 이렇게 힘든가", "자신이 있을 곳이 없다", "사랑하는 사람이 죽었을 때 계속 슬퍼만 해야 하는가", "영혼은 있는가", "진짜의 나는 있는가", "애국심은 귀중한가", "자기 결정과 자기 책임으로 OK인가", "어른이 큰 뜻을 품는 것은 훌륭한 일인가", "넘버원보다 온리 원의 삶을 추구해야 하나", "자살은 악인가", "부모·자식 관계에 본보기는 있는가", "왕따에 어떻게 대처해야 하나", "사형제도는 존속하는 편이 좋은가", "차별은 왜 안 되는가", "삶을 바꾸려면 어떻게 하면 좋은가" 등등.

미나미 선생은 이러한 윤리적인 물음에 단적인 확답을 주지 않는다. 오히려 그러한 물음이 나올 수밖에 없는 이유를 고찰·분석하여, 물음이라는 표출의 형태를 더욱 중립적인 표현으로 변환해버린다. 물음의 배후에 잠재된 자의식의 경직을 풀고 완화한다고 바꿔 말해도 좋다.

이 말투야말로 석가 이래 불교의 독자적인 말투이며, 면면히 전해오는 '비非=윤리'의 정수이다. 미나미 선생이 이 책에서 나타낸 말로 다시 말하자면, 이것이 처세술 아닌 '처생술'의 방법인 것이다.

"불교는 지혜의 종교"라고 흔히 말한다. 그러나 '지혜'란 어떤 것인지, 보통의 '지혜'와 어떻게 다른지, 확실히 이해하고 설명해주는 사람은 적다. 많은 경우 "왠지 현명한 듯한, 생각 깊은 듯한" 정도의 의미로만 사용되고 있다. 이래서는 보통의 지혜와 다를 바 없다.

불교의 지혜란 반야심경의 '반야般若'와 같은 의미로, 대략 말하자면, 세계의 법칙을 깨인 눈으로 확실히 인식하는 힘을 의미한다. 이 책은 그 지혜의 모양을 특정하고 또한 그 지혜가 현실 문제와 결부되었을 때 얼마큼의 예리함을 보이는지 독자에게 드러내 보여준다.

이 책은 언뜻 읽기 쉬운 듯하나 실상은 그렇게 쉽지 않다. 정신을 놓고 있으면 독자의 근거 그 자체를 엄중히 물으며 무너뜨리려고 한다. 어쨌든 "사람은 절망하기에 오히려 꿈과 희망을 품게 된다" 등이 적혀 있는 책이다. 그러나 그 반대 또한 진리이다. 사람은 섣불리 꿈과 희망을 가지므로 쉽게 절망한다고도 할 수 있다. 요는 '꿈·희망'도 '절망'도 상호 의존한 상대적인 개념에 불과하다는 말이다. 기껏해야 말에 불과하다.

그러나 사람은 그 말에 의존하지 않고 세계를 마주할 수 없다. 하지만 동시에, 말로 세계를 파악하는 것도 실은 불가능하다. 이것은 절대 모순이다. 어떤 사람도 살아가는 가운데 어딘가에서 이 절대 모순에 부딪힌다. 부딪히고 있음에도 눈앞의 '이 괴로움'이 '그 모순'에 뿌리내리고 있는 것을 대개의 사람은 깨닫지 못한다. 이것이야말로 무명無明=근원적 무지이다.

이 무명을 비추어서 깨뜨리는 힘을 지혜라고 한다. 그리 쉽지 않은 책을 손에 든 당신은 지금 최고의 지혜로 가는 계단의 입구에 서 있다. 첫 번째 계단을 올라가시길.

왜 이렇게 살기 힘들까

1판 1쇄 인쇄 2018년 8월 29일
1판 1쇄 발행 2018년 9월 5일

지은이 미나미 지카사이
옮긴이 김영식
펴낸이 김성구

책임편집 고혁
단행본부 류현수 이은정 구소연
디자인 한아름 문인순
제 작 신태섭
마케팅 최윤호 나길훈 유지혜 김영욱
관 리 노신영

펴낸곳 (주)샘터사
등 록 2001년 10월 15일 제1-2923호
주 소 서울시 종로구 창경궁로35길 26 2층 (03076)
전 화 02-763-8965(단행본부) 02-763-8966(마케팅부)
팩 스 02-3672-1873 **이메일** book@isamtoh.com **홈페이지** www.isamtoh.com

ISBN 978-89-464-2089-2 03830

이 도서의 국립중앙도서관 출판예정도서목록(CIP)은 서지정보유통지원시스템 홈페이지(http://seoji.nl.go.kr)와
국가자료공동목록시스템(http://www.nl.go.kr/kolisnet)에서 이용하실 수 있습니다. (CIP제어번호 : CIP2018026575)

값은 뒤표지에 있습니다.
잘못 만들어진 책은 구입처에서 교환해드립니다.